超時空探險隊

廖文毅 著

自序

「如果地球上沒有人類，其他生物是不是可以活得更好？」看到人類攫取大自然資源來滿足自己的私慾，總有一股內在的聲音呼喚，隨清風刮過林間，明月高懸天際，難道人類的誕生，會是一種進化的必然錯誤嗎？

其實刀是兩面刃，既可幫人，也能害人，老祖宗的智慧告訴我們，二元對立早就存在宇宙裡，也存在每個人的心裡，內在的天使與惡魔的爭戰永遠不會劃下休止符，我們又怎能片面要求事情永遠往好的一面走呢！只是，如果老是以「破壞」當作「生存」唯一的藉口，那人類真的注定遲早要走向滅亡之路！

還好萬物都有共同的善根、善念，那就是「愛」，就像太陽無私的提供陽光，地球無私的提供大地，河海無私的提供水源，讓生命能夠生生不息，星球內任何單一物種，絕對不能只考慮到自己的生存權利，因為這一切的美好，應該是共存、共生、共榮的。

宇宙，是時間與空間的總和，連綿不絕的更替，生命只是閃爍的瞬間，理解無窮的氣勢磅礡，才能懂得謙卑的小巧妙用，但願人類的心永遠被「無私的愛」包覆，為宇宙萬物增添動人光輝。

目次
Contents

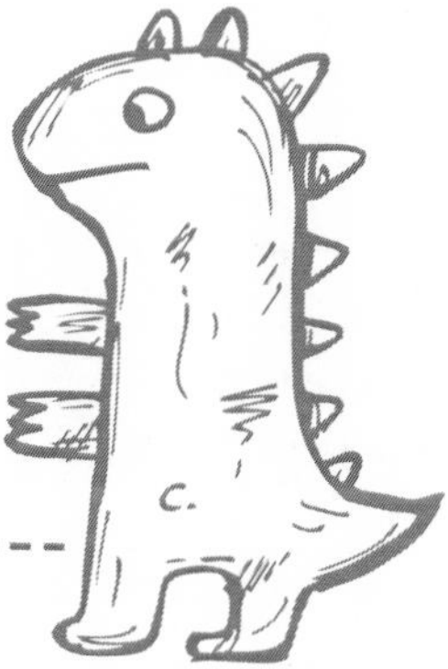

劇情簡介

莫瓦星，一顆條件與地球相似的行星，位於銀河系中央位置，因為星球上人類長期的貪婪、嫉妒與野心，引來可怕的「幽靈彗星」，將於三十天後直接撞擊莫瓦星，造成莫瓦文明大浩劫！

兩隊來自莫瓦中學的競爭隊伍，組成「時空探險隊」，肩負不可能任務，分別搭乘時光機回到過去，去尋找古代傳說中的「精靈王國」，搜集「五色水晶石」與「神祕白晶石」，達成「讓彗星轉向」的解救之道。

古代真的有「精靈王國」存在嗎？他們的拯救星球行動會成功嗎？單純的救援行動，背後又隱藏了多少的人為陰謀呢？隨著故事的開展，將帶領大家穿越時光隧道，去尋求充滿刺激的冒險旅程。

看！主角們用智慧解開謎團，用機智化險為夷，用友誼戰勝邪惡。走！讓我們跳離地球，前進莫瓦星，一起為他們加油吧！

人物介紹

※莫瓦王國

時空探險隊A隊：（莫瓦中學一年三班）

小智：本名羅以智，高個頭，強健勇猛，是名運動健將，有優秀的領導能力和一雙迷人的眼睛，是一年級新生中頗具人緣的學生，父親羅漢生是位職業探險家。

阿光：本名中田光，戴了副亮得發光的無框眼鏡，臉色白皙而斯文，個性沈著冷靜，精通電腦、天文及各類機械操作，父親中田圭祐是科技公司的董事長。

阿雅：本名梅莉雅，與小智、阿光都是國小的同班同學。她是莫瓦國王的獨生女，個性活潑大方，有顆太陽般溫暖包容的心，自幼對歷史、地理、語文與考古學等方面，都有濃厚的興趣，是位人見人愛的美麗小公主。

酷比：百科全書機器人，是阿光的貼身機器僕人，長相滑稽，不具備攻擊能力，卻有超強的語文能力及功能強大的資料查詢系統。

時空探險隊B隊：（莫瓦中學一年十班）

歐提斯：是莫瓦王國開國功臣歐斯達老將軍的獨生子，個性冷傲，文武雙全，舉手投足風采迷人，有「不敗黑騎士」的美稱。

阿巴尼：父親是莫瓦王國最有錢的貴族，富可敵國，個性陰沈、冷酷，鬼點子特別多，是歐提斯身邊的重要參謀。

庫卡：是莫瓦王國國會議員的兒子，頭腦簡單，四肢發達，有異於常人的力氣。

多摩將軍：屬攻擊型機器人，做事一板一眼，是歐提斯的貼身保鑣。

其他：

莫瓦國王：慈祥、幽默、德高望重，曾說：「我們不是神，沒有辦法決定命運；但正因為我們是人，所以可以改變命運。」激勵全莫瓦王國的子民。

諾魯老師：身材矮胖，學識豐富，上課認真，是莫瓦中學的歷史老師。

賈斯文老師：身材高瘦，長相斯文，眼神總是炯炯發亮，是莫瓦中學的天文學老師。

阿魯曼博士：個性古怪，知識淵博，熱心助人，是莫瓦大學魔法學退休教授，躲在莫瓦中學神祕的地下室裡鑽研魔法。

※精靈王國

半獸人：虎頭人身，頭上插著雞毛，胸前掛著山豬獠牙，手中握有尖銳的狼牙棒，是恐怖的食人族。

矮人族：身材矮小，個性善變，力大無窮，長年居住地底，靠著採礦和培植蕈類植物為生。

盤古猿人：凸額頭，高顴骨，彎背脊，群居在天然岩洞裡，有僅次於精靈族與矮人族的文明，是莫瓦星球人類的祖先。

白精王：精靈王國國王，一身雪白，手持聖白權杖，曾說：「白晶石若沒有發揮作用，在我們國家，也只是一塊普通石頭而已；如果能幫助億萬年後的生靈百姓，不就是愛、仁慈與善良的化身嗎？」

白精王子（霍達姆斯）：精靈王國王子，皮膚白得像雪，長髮飄逸如風，長相俊秀，身材清瘦，看起來弱不禁風，卻是心地善良的好王子。

黑精王：原黑精國國王，是邪惡的化身，野心的代表，利用黑魔法控制人性黑暗面，一心想稱霸精靈王國的過去、現在與未來。

基古獸：小巧玲瓏，圓滾滾的像顆小氣球，白白的身體，大大的眼睛，還有一對可愛的小翅膀，是白精國的戒指精靈。

黑魔獸：巨大、醜惡，有一對恐怖的蝙蝠翅膀，以及一張可以咬碎任何東西的利嘴，是黑精國的戒指精靈。

第一章：精靈王國之謎

當月曆翻到第九張時，就是莫瓦中學開學的日子，夏日炎炎，金黃色的光線穿透稀薄雲層，烘烤炙熱大地，開學似乎來得太快，雖然已經過了一個禮拜，教室內的學習欲望與外界的空氣熱度，恰成強烈反比。

「莫瓦星位於銀河系的中心位置，文明發源極早，根據專家考古證實，古莫瓦大陸昔稱『盤古大陸』，是一塊完整的大陸，與現在由海洋分隔的五大洲不同。當時的盤古大陸，細分五大陸塊，彼此相連，從南到北，分別是叢林區、沼澤區、蠻荒區、縱谷區及寒漠區，其間文明不曾間斷，經過億萬年的演變，才造就了現在科技昌明的人類盛況。」

身材矮胖的諾魯老師，上起課來認真、賣力，在附有空調的教室內依然揮汗如雨，而他的諄諄教誨，卻讓坐在最後一排的小智哈欠連連，用力拍拍後腦勺，還是趕不走瞌睡蟲，心想這種無聊的歷史課，要多上一節，那他寧願被外面的太陽烤焦，也比在這裡悶死強多了，於是東張西望，想看看死黨阿光和阿雅在做什麼？

小智本名羅以智，莫瓦中學一年級新生，高個頭，身形強健勇猛，從小就是運動健將，有優秀的領導能力，和一雙迷人的眼睛，是一年級新生中頗具人緣的學生，父親是位職業探險家。

阿光本名中田光，莫瓦中學一年級新生，戴了副亮得發光的無框眼鏡，臉色白皙而斯文，個性沈著冷靜，精通電腦、天文及各類機械操作，只要有工具在手，沒有他做不出來的成品，父親是科技公司的董事長。

阿雅本名梅莉雅，莫瓦中學一年級新生，與小智、阿光都是國小的同班同學。她是莫瓦國王的獨生女，個性活潑大方，有顆太陽般溫暖包容的心，自幼對歷史、地理、語文與考古學等方面，都有濃厚的興趣，是一位人見人愛的美麗小公主。

小智朝左邊看去，只看到阿光的臉，始終朝著老師微笑，專注的神情，挺認真似的，但小智太了解他了，同學八年（包括幼稚園兩年）的經驗告訴他，眼睛應該往下瞟……

果然在他的抽屜內別有文章，靈巧的雙手東摸西轉，不曾停過，正聚精會神地在撥弄他的新發明——「萬能開鎖器」。

這是一個由特殊材質製成的小工具，精巧的把手是鑰匙柄，也是控制鈕，前端長長的是鑰匙身，只要按鈕一按，就軟趴趴像條果凍，可雕塑成各種造型，也可以塞進任何鑰匙孔內，再輕輕一按，又變得硬如鋼鐵，立刻成為一把開鎖利器，難怪阿雅說它是一把「活的萬能鑰匙」，細心的阿光又在底座末端，加上一條裝飾彩帶，戴在脖子上，馬上變成又酷又炫的摩登項鍊。

小智右手邊的阿雅就完全不同了，她彷彿屏氣凝神，正在聽一場津津有味的音樂演奏，當諾魯老師講到莫瓦大陸的古文明時，正是音樂會的最高潮，阿雅托腮若有所思，撥了撥秀髮，嘴角一揚，突然舉手發問。

「老師，聽說古莫瓦大陸有幾次文明交替，但最有名的，也是最神祕的，屬於『古精靈王國』傳說，所以請問老師，古代真的有『精靈王國』嗎？他們跟現代的人類有沒有關係？距離現在又是多久時間呢？」

「嗯，梅莉雅的問題問的很好。『精靈王國』存在與否，它的癥結在於『證據』，可惜的是，由於相關古物出土太少，所以現在還難以下定論，根據現有資料推斷，只能說他們『可能』曾經存在，而且與人類的演化歷史完全不同，是不同遺傳基因演化出來的高等生物，時間距今大約一億五千萬年前。所以他們存在與否是個謎，他們是否有過高度文明也是個謎，甚至他們慣用的魔法是否真的存在，更是謎上加謎了。」

老師的話裡好多「謎」，小智愈聽令人頭腦愈「昏迷」。

「不過最近傳來一件令人振奮的消息！」諾魯老師話鋒一轉，喚回小智飄浮的心。

「就在我們學校的南邊校區，最近出土一批古文物，其中有一個黑色的神祕棺木，棺木長度與人類高度相當，但清瘦多了，值得注意的是，棺木的左右兩邊，竟然有大幅度的外凸形狀，根據考古學家推論，如果傳說屬實，這極可能就是一個精靈王國貴族或國王的棺木，而兩邊特有的凸出，就是他們放置翅膀的地方。」

「啊!?精靈們同我們一樣高，但比較清瘦，還有一對翅膀，好奇怪喔！」

一時全班議論紛紛，聲音吵雜得像菜市場，諾魯老師眉頭一皺，拉高嗓音繼續說：

「這些都只是猜測而已，科學講究證據，這裡是否就是古精靈王國的文明所在地，或只是一般的古代遺跡，就留待考古學家們仔細驗證了！」

「老師，如果真有精靈存在，那他們的能力會不會比我們強？如果出現在現代，莫瓦星會不會被他們統治？」有同學好奇地問。

「對啊，那我們怎麼辦，不就是世界末日了嗎？」有人附和。

「才不是世界末日呢！我們以後，說不定會被關在動物園裡，供精靈們觀賞，或成為他們的寵物呢？」有人反駁。

大家天南地北，你一言，我一語，熱烈討論時，正好下課鐘聲響起。

「噹……噹……噹……」

對古代傳說一點兒興趣也沒有的小智，只是跟著大家的好奇心瞎起哄，聽到鐘聲敲響尿意，趕緊踏上舊式飛行浮板，朝教室門口以百米的高速飛奔而去。

浮板飆到走廊，正想緊急煞車，再來個優雅的九十度轉身，不巧的是，側面正好也有人以高速飛行浮板飛奔而來，兩人差點迎面撞個正著！

還好這兩人的反應都超乎尋常，同時煞車、扭腰、轉身，一氣呵成，硬生生把一場注定的撞擊擦身而過，但還是重心不穩，雙雙摔倒在地。

小智摔倒後，隻手撐地，立刻像彈簧般從地上彈了起來，心裡覺得不好意思，走到對方面前，伸手做出要將他拉起來的手勢，「對不起」三個字還沒機會出口，半空中突然伸出一隻手硬生生將自己的手撥開，另一隻手趁勢要拉起地上的同學，並惡狠狠飄來一句：「臭百姓，把你的髒手拿開！」

小智伸到一半的手僵硬在半空中，心情由抱歉轉為憤怒，平伸的五指也扭曲成握拳狀，眉毛倒插，眼睛直直狠瞪著對方。

對方是一位身材瘦長，三角眼，鷹勾鼻，長下巴，醜陋的臉龐下卻搭著一套不相稱的華麗衣裳，彷彿宣告全世界，他屬於尊貴無比的貴族階級。

不甘示弱的小智，也狠狠地回了一句：「有膽你再說一次！」

阿光一腳剛踏出教室，就聞到煙硝味，立刻撲身架開如公牛般紅著雙眼，一副隨時準備戰鬥的小智。

「阿巴尼，少說兩句。」

倒在地上的人撥開別人想要攙扶的手，身體同樣隻手撐地，優雅地從地上彈跳起來，一副無關緊要的表情，摸了摸側面有點擦痕的新式飛行浮板，似乎有些心疼，輕輕嘆了一句：「可惜，可惜。」

抄起不再完美的浮板，順手丟給站他身後的一位大塊頭說：「庫卡，送給你！」

由於在教室外走廊上發生爭執，不少學生湊熱鬧圍了過來，旁邊有女生認出來，高興地尖叫：「是『黑騎士』——歐提斯，真的是他啊！」

人愈圍愈多，女生的尖叫聲愈來愈大，差點將現場的屋頂掀掉。

歐提斯拍了拍屁股，嘴角淺笑，朝尖叫的女生們禮貌性地揮手致意，帥氣的外表，迷人的風采，迷煞多少少女心，現場又是尖叫聲連連。

歐提斯致意後轉身就走，小智一箭步衝上前，雙手一攤，擋住去路。

「對不起，我是一年三班的羅以智，不好意思撞到你，並弄壞你的飛行浮板，交給我，我會負責幫你修好；如果修不好，我願意賠償。」

歐提斯愣了一下，彷彿這件事早就不放在心上。

「我是一年十班的歐提斯，我不習慣用有丁點瑕疵的東西，浮板我已經送人了，你不用在意！倒是你的身手看起來不錯，有機會我會找你較量較量，希望你能賞光。庫卡、多摩將軍，我們走吧！阿巴尼，替我預約，但口氣別太過分喔！」歐提斯說完，頭也不回地走了。

「那種高貴的浮板，你是賠不起的，是我們老大好心，不與你計較。不過我們老大有個特殊嗜好，他只跟實力夠強的人決鬥，想來他認為你的實力還不錯，想找你玩玩，切磋切磋，可別讓他失望才好。就這麼說定了，今天下午放學後，漂浮躲避球場，六人制，清場為止。我們這邊都是一年級新生，至於你們嘛，那就隨便了，我們可不會介意你們找三年級的學長加入，那樣的比賽才夠刺激嘛，至於你，可別嚇得不敢來喔！哈……哈……」阿巴尼早忘了老大交待的話，還是忍不住挑釁地說。

「小智，你怎麼了？」

死黨阿雅聽到教室外面有衝突聲，立刻衝出教室，鑽入人群，擠到小智身邊。

「對方叫歐提斯，他們拋下戰帖，今天下午放學後約小智漂浮躲避球場見，六人制，清場為止，他們都是一年級生，我方不設限，看來他們好像勢在必得的樣子！」阿光仔細分析。

「歐提斯，你是說人稱『黑騎士』的歐提斯，真的是他嗎？臭小智，爛阿光，不早說，我早就想請他簽名呢？」阿雅沒見到面，大呼可惜。

「我咧……」小智與阿光齊道。

「傻瓜，我是開玩笑的啦。不過他雖然是女生公認的白馬王子，聽說個性孤傲又冷僻，四處找人決鬥，最近已經有許多二、三年級的學長們被他打敗了，實力肯定超強。小智，我看算了吧，你的無心之過，他既然不追究，就不用再理他了！」阿雅好心規勸地說。

「不，我一定會赴約的！」

小智心裡雖然對歐提斯有好感，但對自認尊貴的阿巴尼那副嘴臉，始終有股怨惡之氣，貴族有什麼了不起，就讓我這個平民給你點教訓吧，看你還瞧得起瞧不起我們，小智心意十分堅決。

「看來一場惡鬥難免，雖然理智告訴我，不看好你會贏，但朋友是做什麼的，算我一份。」阿光感情勝過理智，發聲力挺小智。

「我看你們兩個都瘋了，二、三年級學長們都鬥不過的可怕傢伙，你們小小的菜鳥一年級生也想強出頭，真是太不自量力了吧！好，也算我一份。」阿雅故意說反話，也挺身而出。

「可是……對方都是男生呢？」小智與阿光齊說。

「噢，看不起女生喔！現在都什麼時代了，男生做得到的事情，女生同樣也行，何況對方的條件裡並沒有『性別限制』，如果你們不讓我去，我……我就回去告訴老師！」阿雅耍小心機，語帶威脅。

「好好好，我的大小姐，好公主，這是一件祕密交易，千萬別讓老師知道了，那可大大不妙呢！」小智提醒她說話小聲一點。

「那你是答應囉！」阿雅手舞足蹈，開心地像隻彩色的蝴蝶。

「智光雅，三人組，有我就有你！」

三人六手交互相疊，重述小時候玩扮家家酒的誓言，那時候的童言童語，始終烙印在三人心底，準備再次同心合力，放手一搏。

「任務指派：阿光負責搜集對方情報，愈完整愈好；阿雅負責研究場地及比賽規則，務必找出對我們最有利的條件；我就負責招募其他強力伙伴。我們三人中午祕密基地見。」

小智眼神泛光，充滿鬥志，語氣堅定地發號施令，事不宜遲，三人立刻分頭行事。

第二章：地下室的祕密

莫亞中學校地廣泛，散落於郊區的黃土矮丘上，像一顆顆拔地而起的棋子，分布在綠色的棋盤上，一片生機勃勃。

校園內新舊建築群並陳，有摩登的教學大樓，雄偉地睥睨群倫；也有陳舊不堪的房舍，靜靜地訴說它輝煌的往事。

傳說中，它就建築在一座古蹟的正上方，如同積木般層層疊疊，至於是什麼時代的歷史遺跡，至今聽說還是個未知的謎。

今天下午沒課，三人相約在新發現的祕密基地會面，就在校園角落一棟舊的研究大樓地下室，也是學校地下停車場的一個偏僻角落，一處被人們遺忘的安靜所在。

「我找到了兩位好手，小友和小清，他們都是我小學盃躲避球賽的舊搭檔，實力不在話下。人員加上我、阿光、阿雅與酷比等共六人，組成一隊，人數方面已經沒有問題了。阿光，那你搜集到的情報呢？」

「對方的隊長叫歐提斯，是全校的風雲人物，曾在一次全國的競賽裡，被莫瓦國王，也就是阿雅的父親，比喻成古代武功高強，代表正義一方的『黑騎士』，從此有了這個雅號，雖然並不是正式的授爵，卻已經成為家喻戶曉的傳奇人物，尤其女孩子們，更對他風迷到不行，只要有他出現的地方，肯定伴有無數的人群與尖叫聲……」

「阿光，我是問你重要的情報，怎麼扯到偶像明星呢？」小智硬生生打斷阿光的話。

「小智，那也是重要情報啊，資料愈完整，我們的勝算就愈大，你不想聽，是不是吃醋了？」阿雅故意挖苦。

「才不是呢？我只是覺得與其浪費時間在他出名的豐功偉業上，我們倒不如多談談比賽本身才對？」小智死不承認。

「好吧，對不起，我說重點好了。」阿光重新切入主題。

「歐提斯是莫瓦王國開國功臣歐斯達老將軍的獨生子，個性冷傲，卻文武雙全。從入學到現在，才短短二個星期，已經連續打敗三組三年級和五組二年級選手，到目前為止，擁有全勝的記錄，因此有『不敗黑騎士』之稱！」

「啊?!這麼厲害！」

小智驚訝不已。

「那他打敗過幾組一年級新生呢？」

「沒有半組！」阿光認真地解釋。

「因為他根本不屑與一年級菜鳥新生交手，他曾經說過：『這不是瞧不起一年級新生，只是實力相差太大，白白浪費大家的時間而已！』」

「這麼狂妄！」

小智的信心並沒有被打敗，反而激發不少鬥志。

「那……那個馬臉一樣長的討厭鬼，長得像黑猩猩的大塊頭，還有態度兇惡的隨身機器人呢？」

「那個馬臉一樣長的傢伙，名叫阿巴尼，父親是莫瓦王國裡最有錢的貴族，他的個性就像長相一樣陰沈，鬼點子特別多，是歐提斯身邊的重要參謀；那個長得像黑猩猩的大塊頭，名叫庫卡，是莫瓦王國國會議員的兒子，頭腦簡單，四肢發達，有異於常人的力氣；那個隨身的兇惡機器人，叫做多摩將軍，屬於攻擊型機器人，是歐提斯的貼身保鑣，比賽時常派駐外場，目前表現出來的實力非常驚人，但隱藏版的部分，恐怕還沒有人見過。所以就整體戰力而言，是個超強的無敵組合，我評估過我們勝算的機率，可能不到百分之十。」阿光不愧資料運用高手，分析精采到位。

「可惡，竟然遭遇到這麼難纏的對手！阿雅，你那邊的情況呢？」小智緊握拳頭，轉頭詢問阿雅。

「場地在校園西區的『漂浮躲避球場』，球場本身的引力只有外面的二分之一，人在裡面會呈現輕微的漂浮現象，故名。球體採國家規定比賽用安全軟球，會自動旋轉加速。至於規則嗎？包括外場球員一人，內場球員五人，共六人出賽，任何一方的內場被清場就算輸球。傳球規定，禁止同隊內場球員互相傳球，也禁止同隊外場球員互相傳球。出局規定，身體及附著物被對方直接擊中而未能接住者，就算出局，但頭臉部擊中不算。」阿雅將運動規則仔細地解釋。

「好，那我們下午一定要打破他們不敗的神話，讓他們首次嚐到敗績，而且是在一年級手下，加油囉！」

小智說完，伸出右手掌，阿光與阿雅也默契十足地伸出右手掌，三人掌掌相疊，正要呼出勝利口號。

「咦？那邊好像有人！」

機警的小智用眼角餘光，瞥到一個奇怪的黑影，一閃而過。

「那人鬼鬼祟祟，肯定不是好東西。」阿光說。

「奇怪，這地下室已經是莫亞中學最下面一層的建築物，再下去就是古代遺跡，是校內眾所皆知的學生禁地，難道……難道那人想進去裡面偷竊古物？」阿雅認定他是小偷。

「反正下午沒課，快過去看他搞什麼把戲。」

小智沒等他們回答，一溜煙跟了下去。

「每次都這樣！」

阿光與阿雅同時聳聳肩，也無奈地跟了下去。

「小智，我們這樣偷偷摸摸走進禁地，不太好吧？」阿雅擔心地問。

「這樣才叫冒險啊，對不對，阿光？」

小智每次遇到無法自圓其說的難題，總把問題拋向阿光。

阿光手上拿著隨身用探測儀器，左上方的燈號由綠色，慢慢轉成紅色，阿光皺著眉頭說：「這裡有異常的磁場反應，附近好像有什麼未知的東西！」

「對啊，我總覺得好像有人在監看我們，我們要不要回去了？」阿雅開始後悔跟來。

突然地上黑影一閃，迅速又消失在黑暗裡，還發出「呵！呵！」怪聲，好像對著他們訕笑，嚇得三人擠成一團。

「現在……回……去恐怕來不及了……」小智說。

忽然前方地上黑影又一閃，沒錯，這一次三個人同時看到，是一個人類小孩般大小的黑影，在前面躲躲藏藏，彷彿正在監視他們。

「他，好像在監視我們？」

小智有些心慌，阿雅的魂早飛了一半，而阿光始終皺著眉頭，不發一語。

「我們可不可以慢慢往後退回去？」阿雅提出建議。

「好，就這麼決定！」小智與阿光附和。

三人慢慢往入口處撤退，黑影突然又消失在眼前，「呵！呵！」兩聲，竟然迴繞到他們後方，把退路也阻斷了。

「好，大家冷靜一點。」小智強作鎮定。

「第一，我們的行蹤已經暴露，敵暗我明，對我們非常不利；第二，在這古代遺跡裡，我們不知道對方到底是什麼樣的怪物，與其三個人一起被抓，不如分散開來，往三個不同的方向逃走，先出去的人記得趕緊找救兵來，大家明白了嗎？」

阿光及阿雅同時點頭，小智一聲令下，三人分別朝三個不同的方向，如煙火般竄逃出去。

幽深的地下遺跡，斑駁的牆面，訴說著數百年來歲月的刻痕。中央的主結構，是由數以百計的大柱子組成，撐起聖殿似建築。

風，不時在柱子的隙縫中穿梭，從四面八方傳來詭異的低號聲，雖然明知是風力造成的，也聽得令人毛骨悚然。

小智飛奔出去，閃過許多根柱子，並巧妙地利用柱子的陰影掩藏身體，正覺得機智過人時，突然發覺身後有異狀，那個「呵！呵！」笑的黑影，竟然也有樣學樣，好像已經鎖定他似的。

小智不覺得倒楣，反倒心想還好怪物找上我，那阿光與阿雅就有逃出去討救兵的機會了。

小智深吸一口氣，出其不意地朝右邊跳了出去，想往另一個方向逃，卻發現前方已經是柱子群的末端，一面大大的牆壁硬生生擋在眼前，急著回頭一看，「呵！呵！」的笑聲愈來愈近，地上一道又大又黑的黑影，像一隻久未進食的惡龍，朝他撲攫過來……

阿光逃了幾步，發覺身後有人跟蹤，心想還好怪物找上我，那小智與阿雅就有逃出去的機會了，心下寬舒不少，但自己豈能輕易就逮，立刻伏低身體，閃入一旁陰暗角落，等待後方黑影逼近，突然迎面跳出，準備正面迎戰！

「啊！」

兩人同時嚇了一大跳，哪知對方竟是「阿雅」！

阿雅驚魂略定：「阿光，我才走了幾步，發現前面太暗，不敢再往前進，想回過頭來找你們，發現你們已經走遠了，我跟著地上的影子，好不容易才找到你呀！咦？阿光，是我阿雅啊，你不認識我嗎？怎麼表情看起來那麼怪異？」

「阿雅，妳……快過來，妳身後也有個黑影！」阿光語帶驚恐地回答。

「哇！……死阿光，你明明知道我最怕黑了，不要嚇我呀！」阿雅眼淚差點掉下來。

「別忙，慢慢向前走，慢慢的，慢慢的，好！」

阿光冷不防伸手過去，一把拉過阿雅，阿雅一個踉蹌，差點跌倒，穩定重心，回頭一看，自己背後果然也有個「大黑影」。

「小智，是你嗎？你可不要亂嚇人喔！」阿光了解小智的個性，有時候挺愛捉弄人。

「基古，基古，基基古……」

「小智，你不要亂發出怪聲，想嚇我們，要不然回去我一定跟你媽媽說，說……說你最近被老師處罰的事情。」阿雅也鄭重提出警告。

「基古，基古，基基古……」

聲音消失了，逼近的黑影突然也消失了。

忽然又響起「呵！呵！」的怪聲！

「呵！呵！……呵！呵！……」

「小鬼頭，把我們嚇得半死，你還笑的出來！」

從黑暗的另一頭，小智拎著一個小孩子走了過來。

「喔！原來剛才呵呵的笑聲，就是這個小淘氣發出來的，看姊姊怎麼修理你！」

阿雅說完，假裝生氣，伸手搔他癢，小孩子笑得更加燦爛！

「呵呵……呵呵……呵呵……」

小孩子突然掙脫阿雅的摟抱，往小智與阿光的方向奔跑過去，並且張開稚嫩的雙手，好像要人抱抱似的。

鬆了口氣的小智與阿光，神智逐漸恢復過來，見小孩子要來個熱情的大擁抱，也自然伸手相迎，哪知小孩子竟然視若無睹，硬生生從他們二人中間閃了過去，又投入眼前黑暗的懷抱！

「啊！小朋友，等等姊姊呀！」

隨著阿雅的驚呼聲，小智與阿光跟著直奔過去，還好小孩兒人小步短，一下子就被追上，只是他懷裡多了樣東西，長得圓滾滾的，像顆小氣球，白白的身體，大大的眼睛，還有一對可愛的小翅膀，口中不時發出「基古！基古！」的怪聲。

「哇！好可愛喔！」阿雅驚叫出來，一副被迷死的樣子！

「別又來了！」小智與阿光同聲搖頭。

「來，來小姊姊這裡，不要害怕！」

阿雅先抱住小孩，又慢慢撫摸這隻可愛的小生物，像聖潔的天使一般，現場充滿了歡樂的氣氛，為幽暗的地下室放出柔和的光芒。

「阿光，老實說，『她』真的很可愛！」

小智臉色潮紅，說的是青梅竹馬，人見人愛的漂亮小公主「阿雅」，自己早就偷偷喜歡上她，藉機想探探一起長大的阿光口風。

「嗯，『它』的確是我見過最可愛的！」

平日嚴肅拘謹的阿光，現出少有的燦爛笑靨，說的是眼前這隻超可愛的「迷你小生物」。

「喔！原來如此，你……你也喜歡『她』！」

小智誤以為阿光也在偷偷喜歡阿雅。

「嗯，『它』長得這麼可愛，誰看了都會喜歡的！」

阿光笑得更加燦爛，竟然邁步向前，跟他們玩了起來，讓一向樂觀的小智看傻了眼，心想跟眼前這位人稱「天才阿光」比起來，自己就像螢火蟲對上滿月，只好聳聳肩，也走過去一同歡樂。

「是誰允許你們進來這裡的！」

一個大黑影，高聲調，劃破現場歡樂的氣氛，把柔和的太陽瞬間冰凍起來。

「我再問一次，是誰允許你們進來這裡的！」

黑影更逼近，聲音更兇狠，嚇得阿雅抱住小孩，小孩抱住小生物，一起蹲踞在地上，小智與阿光發覺情況不對，立刻聯手擋在他們前面，擺出架勢，一副準備迎敵模樣。

從黑暗裡，突然冒出一隻巨型怪物，有一顆大大的恐龍頭，還有全身長滿褐色長毛的身體，在遠處突然一聲大吼：「咦？那不是我的孫子小米嗎？啊？那不是我的小寵物基古嗎？怎麼都跑出來了！」

怪物吼完，晃動龐大身軀，由走變跑，再由跑變奔，朝小智他們猛撲過來。

小智與阿光互使眼色，叫阿雅保護好小孩先後退，再由他們兩人聯手對付怪物，哪知大家動作都還沒有開始，「砰」的一聲，怪物突然跌了一跤，直接撲倒在地上！

小智與阿光見狀，認為機不可失，立刻飛身撲上去，把怪物壓制在地，絲毫不給牠喘息空間，怪物痛苦的抬起頭來，正好看到阿雅，嚇得阿雅連退兩步。

「唉呀！小力一點，你們不可以這樣對待老人家呀！你是梅莉ㄧㄚㄧㄚ吧？快來救我啊！」

「說，誰是梅莉ㄧㄚㄧㄚ？是不是同黨！」小智與阿光死纏不放。

「你們快放手，梅莉ㄧㄚㄧㄚ，是……是我啦，我是阿魯曼叔叔啦！」

「你……你真的是父親摯友，從小看我長大的阿魯曼叔叔？」阿雅半信半疑。

「當然是我啦！我這身老骨頭就快被這兩個小伙子給拆了，不過說真的，要是在我年輕的時候，三五個像你們這樣的小傢伙，絕對不是我的對手呢！」

等眾人扶起地上會說話的怪物，小智與阿光齊聲道歉：「對不起，先生，我們以為……以為你是怪物！」

「『怪物』，我像『怪物』，我哪一點看起來像『怪物』？」

阿魯曼叔叔點亮地下室的火把，照著一面銅鏡，被自己的怪物裝扮嚇了一大跳，看到自己穿著動物的毛皮衣，頭上戴著恐龍的大頭套，全身上下沒有一處不像「怪物」！

「噢，哈！哈！對不起各位，因為我正在做實驗，覺得有點冷，才順手把掛在身旁的動物皮毛穿起來，我又是個恐龍迷，正在研究恐龍走路的樣子，才又套上恐龍頭套，想不到這身怪異裝扮嚇著你們了，不好意思，不過話又說回來，這裡屬於禁地，你們怎麼會來這裡呢？」

阿雅將他們中午發現的事情重述一遍！

「喔，原來如此，這件事我會處理。我先自我介紹，我叫阿魯曼，是莫瓦大學魔法學退休教授，與梅莉ㄧㄚㄧㄚ的父親莫瓦國王是大學同學，所以從小就看著梅莉ㄧㄚㄧㄚ長大，哇，幾年不見而已，我剛才還怕認錯人，想不到我們梅莉ㄧㄚㄧㄚ長得更高，更漂亮了！」

「叔叔，您……您就別再叫我梅莉ㄧㄚㄧㄚ了，叫我阿雅好了！」阿雅難為情地說。

「梅莉ㄧㄚㄧㄚ有什麼不好，這是叔叔我親自取的，版權所有，要是剛才我不說出『梅莉ㄧㄚㄧㄚ』四個字，說不定現在肋骨多斷了好幾根呢！所以我偏要說，『梅莉ㄧㄚㄧㄚ小可愛，跟著阿魯曼叔叔去拔菜，一把拿去賣，一把帶回來，做成蔬果派，爸爸說我很厲害，將來一定是位好太太』！」阿魯曼叔叔童心未泯，竟然唱起兒歌來。

「叔叔！」

阿雅嘟著小嘴巴，像蘋果般羞紅了臉，而死黨小智與阿光，則已經笑破肚皮，癱瘓在地上，被阿雅白了好幾眼。

「好啦，我不說，我不說，我們梅莉ㄧㄚㄧㄚ已經長大了，不喜歡叔叔為她取的名字，也不喜歡叔叔了，嗚……嗚……」阿魯曼叔叔竟然當眾哭了起來。

「叔叔，我不是這個意思啦！」

阿雅見到阿魯曼叔叔哭得很傷心，心下一軟，趕緊安慰。

「那你是答應叔叔繼續叫你梅莉ㄧㄚㄧㄚ了，唷！呼！太棒了，我就知道梅莉ㄧㄚㄧㄚ沒有變，最愛看阿魯曼叔叔變魔法了！」老人家破涕為笑，那種一下子哭，一下子笑的功力，收放自如，應該轉行教戲劇學了。

「對了，阿魯曼叔叔，你怎麼會在這裡呢？」阿雅趁機轉移話題。

「我……唉！說來話長……」阿魯曼叔叔娓娓道來。

「梅莉ㄧㄚㄧㄚ，你是知道的，阿魯曼叔叔年輕時就非常嚮往魔法世界，心中總想成為一位道地的魔法師，因此深入研究魔法，後來也如願成為一位魔法學博士。」

阿魯曼叔叔話匣子一打開，就像關不住的水龍頭：「但我心中總有個遺憾，我只能告訴人家魔法有多奇妙，有多厲害，卻無法親身證實。後來我在莫瓦中學的地下遺跡裡，也就是這處禁地，發現早在一百多年前的古斯校長，就是位傑出的魔法學者，他故意將學校蓋在這處古精靈王國的地下遺跡上面，並列為禁地，就是要避免干擾，潛心研究。」

阿魯曼叔叔吞了吞口水，接著說：「他在祭壇上找到一本古書，上面記載了古精靈王國的人，曾經利用五色水晶石的力量，成功轉移一顆即將迎面撞擊的彗星！當然這個傳說大家都聽過，我也曾經半信半疑，但當我發現這個白戒精靈，就是我稱之為『基古獸』的小精靈以後，我又重燃對古精靈王國研究的熱忱。或許換個方式，大家比較容易了解，請你們跟我來。」

阿魯曼叔叔直接帶領大家回到他的研究室，陰暗的光線讓地下室顯得更加陰森，空氣裡充斥著發霉的味道，以及潮溼的地板吸收不了過多的滲水，自行流出一彎涓流，這些不利的環境條件下，卻不減博士研究精靈世界的熱情。

一間不算大的研究室，桌面上擺滿了各種詭異的東西，有熊皮、鹿角、虎爪，還有蜘蛛牙、蒼蠅翅、蜈蚣鬚，更有奇異的星體運行儀，跟現代的天文學相比，顯得古樸而神祕，其中幾幅拓印下來的壁畫高掛牆上，顯得特別突兀。

「梅莉ㄧㄚㄧㄚ，我知道你對考古學相當有興趣，請你幫我用『看圖說故事』的技巧，解讀這幾幅壁畫的意思好嗎？」阿魯曼叔叔故意丟出考題。

「好的，叔叔，我試試看。」阿雅小心翼翼接招。

眼前的巨型壁畫共有六幅，每一幅都充滿歲月的痕跡，肯定是古代珍貴的遺物，而且好像在述說一件過去曾經發生過的重大事蹟。

「第一幅畫描述他們快樂無憂的日常生活；第二幅畫的天空，出現了一顆拖著紅色尾巴的彗星，朝他們正面而來，大家露出驚慌的神色……」小公主甜美的聲音，迴盪在幽深的祕室裡，美得像首填滿恐懼音符的歌。

「第三幅畫描述他們終於找到了五色水晶石，分別是紅水晶、黃水晶、綠水晶、藍水晶與紫水晶，將它們依序排好，而中間有個空洞，似乎漏畫了什麼；第四幅畫描述五色水晶球聚集以後，散發出強烈光芒，最後在中間神祕物質的引導下，吸收了整顆星球的能量後，變成第五幅畫，彗星終於成功轉向，世界又恢復了往日和平。至於最後一幅，好像不是畫，而是一段警語，我試著用比較接近的葛拉古語翻譯出來。」

「俄斯葛卡（貪婪），瑪茲尼（嫉妒），呼哈咻（野心），拉庫拉斯拉比亞（負面能量），雅姆（聚集），阿塔（將召來），努尼（再一次），巴斯（毀滅）！」

這次換阿雅吞了吞口水，慎重地說：「整句我用莫瓦星話重翻一遍：『貪婪、嫉妒、野心等負面能量聚集，將召來再一次毀滅』！」

「好一句發人省思的警語！謝謝梅莉ㄧㄚˊㄧㄚ，把我要講的話通通講完了，接下來我要讓大家看一個比壁畫更神祕的東西，就是這個盒子。」

阿魯曼叔叔小心翼翼端出一個雕刻精美、花紋別緻的古老盒子，接著說：「這盒子放在祭壇正中央位置，顯然是件非常重要的物品，至於裡面到底裝什麼，我已經花了一個多星期的時間，用盡各種方法，仍然打不開，它的三組螺旋倒鉤鑰匙孔，好像是以古代活的生物當鑰匙，這可難倒了我，也顯示出這個時代的文明絕對不輸現在，所以我笑稱除非有一把『活的鑰匙』，否則它將永遠是個謎！」

「活的鑰匙！博士，我知道哪裡有？」小智自告奮勇地說。

「噢，真有這種鑰匙，在哪裡呢？」阿魯曼叔叔急切地問。

「在阿光的脖子上！」小智以手指向阿光。

大家一片狐疑，怎麼阿光的脖子上會有一把「活的鑰匙」！

阿光將頸上的項鍊緩緩取下，轉頭對小智扮了個鬼臉：「萬事通，什麼都瞞不過你。」

「當然囉，因為我有一雙千里眼。」小智也以鬼臉回報。

阿光邁步向前，在博士的示意下，把新發明「萬能開鎖器」，如蒟蒻般注入鑰匙孔內，再輕輕一壓按鈕，堅硬的匙身完全卡入詭異的鎖孔，「卡搭」的一聲，神祕盒子竟然被打開來，眼前出現一張泛黃的地圖躺在裡面。

「難道牆上的壁畫會是真的，而不只是故事而已！」阿魯曼叔叔驚奇地說：「看來睡覺對我來說，又是一件奢侈品了。」

阿魯曼叔叔興奮之情溢於言表：「這幾年來，我一直努力研究這中間的神祕物質究竟是什麼，我發現有兩種可能：一種是『白晶石』的維持力量，一種是『黑晶石』的毀滅力量。精靈王國的人認為世界是由三種力量造成的：『創造』、『維持』與『毀滅』，白晶石與黑晶石聯合創造了宇宙，白晶石負責維持，黑晶石負責毀滅。我利用白戒指召喚出白戒精靈『基古獸』，它是保護白晶石的聖獸，前幾天又發現了一枚黑戒指，應該可以召喚出黑戒精靈，就是保護黑晶石的妖獸，不過由於它的力量驚人，我暫時不敢用咒語解除它的封印。」

阿光看著手中的儀器叫了出來：「咦？我偵測到這裡也有兩股相當的力量同時存在，一個在這裡，應該是教授說的基古獸，另一個似乎就在附近，噢，它正在移動！」

「誰，是誰跑進我的房間！」

阿魯曼叔叔大驚，帶領眾人迅速跑回自己的臥房內，房間裡一團凌亂，桌上有一個黑色盒子已經被打開來，裡面空無一物。

小智大聲吆喝：「那邊有黑影，快追！」

眾人立刻往黑影移動處急奔，小智是運動健將，速度最快，飛身上前，差點攔到那名小偷，可惜一個轉彎，硬生生給跑了，而地上遺留一個小亮點，小智彎腰拾起一看，是一枚金幣。

「想不到已經有人注意到精靈王國的事情了，看來今後我要更小心行事才行！」阿魯曼叔叔自言自語。

「博士，您掉了什麼？」大伙兒又重回博士臥房內。

「就是那枚黑戒指，它有股不祥的力量，能誘惑心有邪念的人，或許它已經找到新的主人了！」

阿魯曼叔叔緊皺眉頭，一改先前滑稽模樣，對著小智三人正色道：「三位年輕人，我有個小小請求，希望你們能幫我找回那枚黑戒指，我知道這或許太為難你們了，但也許這件事攸關到莫瓦星球的未來，一切就拜託你們了。」

阿魯曼叔叔邊說邊彎下腰來誠懇請求，阿智三人見狀趕忙上前攙扶，想不到平日不問政事，只愛研究學問的阿魯曼叔叔，垂垂老矣，還不忘關心整個星球的未來命運。

「博士，您請放心，我們一定會追查下去，只要一有消息，會儘快通知您的。」小智等三人異口同聲回答。

「好，謝謝你們。」阿魯曼叔叔眼眶泛紅，心存感激，小智等人也感染到這股氣氛，眼淚跟著打轉，打算放手一搏。

黑戒指的失落，似乎不是偶然，為平和的莫瓦王國，帶來一股不祥的預兆。

第三章：漂浮躲避球賽

「歡迎大家來到莫瓦中學最高科技運動場——『漂浮躲避球場』，這裡是完全符合國家安全標準局的特優球場，曾榮獲特別球場金質獎。球場裡的重力只有室外的二分之一，所使用的球是超軟無害人體的ＰＲＵ軟球，是班際友誼賽的最佳場地，只要經過校方許可，就可以在這美好的環境裡切磋球技，記住，要經過校方許可才能……」

「吵死了，什麼爛球場，規矩一大堆！」

阿巴尼一邊咒罵，一邊從背袋裡摸出一塊特殊磁片，往主機口一塞，立刻啟動所有裝置。

「這種烏龜躲避球有什麼好玩，要玩，就要這樣……」

阿巴尼露出陰險的笑容，上揚的嘴角讓下巴顯得更長。

「警告！警告！沒有經過校方許可，不得擅自調整電腦設定，警告……警……」

當阿巴尼接上電腦系統後，綠色螢幕瞬間轉成火紅，一顆燃燒的球體出現在螢幕正中央。

「阿巴尼，調整球體轉速加速度到一百倍，你說我們會花多少時間解決掉他們？」歐提斯眼睛閃露勝利之光。

「老大，十分鐘會不會太久？」狡黠的阿巴尼回答。

「庫卡，你說呢？」歐提斯轉頭問庫卡。

「老大，我對時間沒有概念，但是我知道，我會親手將他們宰了！」庫卡發出一聲怒吼，好像一頭即將出籠的兇惡獅子。

「好，就是這種氣勢，不過也不要輕敵，羅以智在小學杯躲避球賽裡也算小有名氣。噢，他們好像來了，我們過去打一聲招呼。」歐提斯眼角一揚，收起輕慢之色，帶領隊員，熱情迎向前去，與平日冷傲的性格完全格格不入。

「你們好，我們已經恭候多時了。」歐提斯熱切地與小智握手寒暄，先禮後兵。

「不好意思，有事情稍微耽擱住，看來你們已經準備好了。咦？不是說好六人賽制，你們怎麼只來了四個人呢？」小智發覺不對勁，立刻提出質疑。

「我們雖然只有四個人，對付你們六個人已經綽綽有餘了！」阿巴尼下巴揚長地說。

「好吧，既然你們自願放棄二人，我們也樂於配合，那比賽就正式開始吧！」阿光計算對方少了兩個人，那己方的勝算就多了兩成。

眾人步入球場時，歐提斯突然轉頭問阿巴尼：「阿巴尼，那女孩子是誰？」

「老大，你少土了，她就是當今莫瓦國王的獨生女梅莉雅公主，難道你不知道嗎？不過話說回來，整天圍繞在你身邊的花蝴蝶豈止成千上萬，怪不得你沒注意到她！」阿巴尼明裡回答，語暗嘲諷。

「哦，是她！」歐提斯彷彿沒聽出阿巴尼的弦外之音，心裡只掛念著對方是梅莉雅公主。

「老大，你怎麼了？」阿巴尼敏感的神經好像查覺到什麼。

「噢，沒什麼！」一向冷漠孤傲的歐提斯，臉頰竟然泛出小片紅雲。

十五年前的一場政變，代表貴族的莫瓦與代表軍隊的歐斯達，兩人聯手推翻殘暴的巴斯特帝國，創立共和政體，後來莫瓦被推舉為國王，而歐斯達也官拜大將軍，兩人同時成為人民眼裡的大英雄。

當時兩人的夫人都正好要臨盆，他們曾私下口頭承諾，如果各生一男，拜為兄弟；如果各生一女，締為姊妹；倘若一男一女，就結為夫妻。雖然當時只是一句玩笑話，經父親轉述的歐提斯，心中已經對這位不曾謀面的小公主，有種無法言喻的掛念情愫。

雙方人馬各就定位。

A隊陣容：隊長小智，內場選手阿光、阿雅、酷比、小清，與外場選手小友等共六人。

B隊陣容：隊長歐提斯，內場選手阿巴尼、庫卡，與外場選手多摩將軍等共四人。

外場選手先就定位，接著雙方擲銅板猜正反面決定誰先攻。

歐提斯往口袋一掏，拿出一枚亮得發光的金幣，在陽光的照射下熠熠生輝，光芒閃過小智眼底，忽然想起什麼，向阿光方向交換眼色，阿光點頭會意，彼此心照不宣。

歐提斯將手中金幣向空中拋擲，甫落到眼前，倏地以手空中攔截：「正面？反面？」

「正面！」小智隨口亂猜。

「真有你的，正面向上，你們先攻！」

歐提斯示意阿巴尼把球傳給小智，再收起只有他看得到的「反面」金幣：「先測測你們的實力，羅以智，可別叫我失望了，還有……梅莉雅……」

歐提斯充滿殺傷力的眼神橫掃全場，像隻飢餓的龍，要吞噬所有看得到的生物，但是停駐阿雅身上時，竟然轉為溫柔，如無風平靜的水面，阿巴尼笑眼斜盯著歐提斯，似乎在為自己的第六感沾沾自喜。

小智拿到球，眼神迸出火花，忽然發覺手中的球震動力增加不少，明白一定是對手動過手腳，轉頭對隊友叮囑一番：「球的轉速比平常快許多，大家小心了！」

小智高舉手中蠢蠢欲動的躲避球，在電腦裁判嗶聲後，外場小友同步做出引導暗號，小智快步如風，加速外旋力道，奮力擊球，球以迅雷不及掩耳的速度破空而下，朝庫卡攔腰強襲過來，這是一記漂亮的外旋殺球。

球呈香蕉般在空中畫出一道美麗弧線，一般人難以接住，加上轉速加倍的球速，球就像著火一樣，盡情燃燒，想吞沒一切，這就是學校三令五申，明文禁用的「火焰球」威力。

小智第一招就是必殺絕技「香蕉正旋球」，是下馬威的心理戰。

庫卡身材像隻大猩猩，雖然只是國中生，力道卻不輸大人，行動力雖嫌遲緩，卻像一座銅牆鐵壁，是歐提斯「必殺三人組」的後衛，在對抗二、三年級的學長時，發揮十足的震撼效果，不僅常常封住對手的強力攻擊，也常常擊潰敵人的不破防線，可惜小智的必殺技並沒有當場擊斃庫卡，庫卡大聲怒吼，將球穩穩接在手中，腳下卻退了三、四步。

「好樣，這場比賽應該不會太無聊！」

歐提斯發出讚嘆聲，而阿巴尼只在一旁冷笑。

「火焰球，噴火吧！」

庫卡大吼一聲：「看我的必殺技『噴火龍』！」

庫卡像一架攻擊型太空船，噸位十足，忽地拔地而起，朝小智他們以泰山壓頂的高壓姿態，瞬間將球拋出，球體立刻加速到極點，爆引燃燒，幻化成空中的噴火龍，朝阿雅迎面擊來！

阿雅身輕如燕，像位優雅的芭蕾舞者，不僅不害怕，反而想輕身閃過，哪知球體像會轉彎式的，鉤出一道長長弧線，目標卻不是她，火球朝小清迎面正擊，小清發現對方的目標竟然是自己，一時反應不過來，閃躲不及，只好硬聲接下，「碰」的一聲巨響，連人帶球飛出界外，被判出局！

「好可怕的爆發力，看來這場仗比想像中還要硬，不過相對的，比賽也愈來愈有趣了！」小智不僅沒被嚇退，反而精神更加振奮。

「出局！A隊內場發球，發球員請準備。」電腦裁判發出判決。

隊友出局，發球權又重新回到小智手上。

小智心想對手強悍，發球權不能輕易喪失，否則豈不成了待宰羔羊，決定使出看家本領，將球悄悄滑向左手，原來小智是個左撇子，平常以右手示人，不到關鍵時刻，絕對不亮出王牌。

小智抄起手中軟球，「喝」的一聲，使出一記漂亮的「香蕉反旋球」，這是右撇子的大忌，難接又難躲，球反向朝右邊旋出，又拉出一道美麗圓弧，像顆明亮的彗星，軟中帶硬，雖然分屬敵隊，但是歐提斯心下還是不禁暗暗叫好。

球斜面朝阿巴尼飛來，眾人正等著看阿巴尼如何解套，哪知他竟然一派輕鬆，稍稍扭腰立即閃身而過，小智大叫不好，原來阿巴尼也是左撇子，自己的絕招就這麼輕易被破解，還好球迅速被外場隊友小友接住。

小友回傳小智，小智又回傳小友，兩人一來一往，都在等待最佳出手時機！

小智仔細觀察，發覺庫卡上盤堅實，下盤鬆虛，認為有機可乘，輕輕接住球，先穩住身體，突然又快步加速，將原本犀利的彈簧腿發揮到極速，「霍」地使勁狠力抛出，擊出絕招之一「閃電正擊」，球立刻化身一道閃電劃破空間，朝庫卡胸前猛然來襲！

庫卡臉露微笑，以逸待勞，心想我站在內場最後面，對方內場的球速再快，因為距離太遠，大大降低的球的威力，傷不了我，哪知歐提斯發覺不對勁，突然大叫：「庫卡，快閃人！」

庫卡耳朵聽到隊長的號令，身體卻及時反應不過來，球甫到一公尺的眼前，正想伸手穩穩接住，球忽然向變魔術一般，從空中往下沈，原來小智的目標不是庫卡的胸腰，而是「小腿」！

「碰」的一聲撞擊，庫卡硬生生被擊中，身體向後倒了下來，球飛彈到空中，眼看就要落地，突然一道黑影瞬間閃過，將球穩穩接住，趁大家還來不及叫好時，又火速飛傳向外場的多摩將軍，超高難度的動作一氣呵成，此人正是號稱「不敗的黑騎士」——歐提斯。

多摩將軍等了好久，雖然身是機器人，但是模仿人類太像，情緒也有些浮躁，球突然以閃電般飛到眼前，哪有不取的道理，接到球以後，往胸口一放，雙手直接迸出，使出絕活「重砲激射」，阿光成了犧牲品，閃避完全不及，應聲出局！

「出局！A隊內場發球，發球員請準備。」電腦裁判又發出判決。

「糟糕，我方一下子就折損了兩員大將，不過對手應該也嚐到苦頭了，接下來應該先收拾誰呢？」冷靜的小智心中不斷盤算。

小智取回發球權，又快傳小友，並發出暗號，小友會意，也快速回傳，但是故意傳高了，小智突然飛身拔地而起，在雙腳跳躍的極限最高點，手斜斜接住傳球，再以右手破空投出，使出一招「高壓正旋球」，由上而下加速激射，球體呈波浪狀襲捲而來，只聽到慘叫一聲，阿巴尼連閃躲都來不及，直接倒地出局。

「看來對手比我想像中的還強，好，你等著吧，羅以智！」歐提斯逐漸燃起鬥志。

「出局！B隊內場發球，發球員請準備。」電腦裁判發出判決。

歐提斯拿到球，高舉過頭，等裁判鳴笛後，突然也躍起身來，雙腿彈跳到最高點，在空中連續兩個翻身，身體在最接近地面時，正好呈倒立狀，同時也是加速度的最大極限，球體突然由下面平飛出去，只離地面小小的五公分左右，好像飛彈貼著地面飛行，等接近酷比時，突然又拔地而起，小智大叫一聲：「酷比小心！」

酷比也連閃都來不及，「碰」的一聲巨響，被直直命擊胸部，當場出局！

而出手後的歐提斯，則從容又優雅地單手支地，再彈跳起身，動作同樣不拖泥帶水，一副與小智互別苗頭的火藥味道。

「好一記『拔地神射』，真不愧是隊長。」小智由衷讚嘆完，發球權又重新回到己方手上。

眼看五名隊員只剩兩人，對方三人也剩下兩人，二比二暫時平手，心想只要再除掉庫卡，接下來很快就會是主將對決的局面，勝負或許就能真正分出高下。

小智身為隊長，不管輸贏，永遠比別人冷靜以對，於是腳步先向後撤了幾步，突然猛地加速向前，配合身體快速自轉，旋風般用力朝歐提斯激射而出。

歐提斯應聲接住，發覺球速疲軟，以為小智體力不濟，見機不可失，立刻快傳外場多摩將軍。

多摩將軍早就接到歐提斯暗號，目標直接鎖定小智，立刻發射拿手絕活「重砲激射」，以為十拿九穩，哪知心思細膩的歐提斯突然發覺其中有詐，大叫「不好」，已來不及！

球體像大砲轟向小智，小智險中求勝，借力使力，運用多摩將軍的重力，加上自己身上全部力道，一起奉送轟向庫卡！

庫卡心思單純早被小智看穿，只會硬接，不懂閃躲，身體紮紮實實像中了一顆超大型原子彈，炸得庫卡向後退卻了十多步，身體雖然硬生生挺住下來，沒有倒下，但是步伐早已經跨出邊界線甚遠了。

「好小子，有意思，竟然來陰的！」

歐提斯看到小智既勇猛又機智，倒也痛快，馬上又以未曾面世的絕招反擊，小智也精銳盡出，兩人一來一往，好像不當現場還有別人存在似的，互接互擊一、二十招，絲毫不分勝負。

「嗶嗶……嗶嗶……」

球場突然傳來震耳的警笛聲。

小智聳聳肩：「不會吧，還沒分出勝負呢！真掃興！」

歐提斯也現出無奈表情：「小智，有機會我會再找你決鬥，你們先走，校園維安隊由我來應付就可以了。」

這場還未分出勝負的比賽，就在校園維安隊的介入下，草草落幕。

「歐提斯……」

阿雅望著一肩扛責，又有勇有謀的歐提斯，不像其他小女生喜歡崇拜偶像的她，對他卻有種特別的情愫。

第四章：天外危機

「各位同學大家好，歡迎來到莫瓦中學的附設天文台，我是你們的天文學老師賈斯文。」

有位長相斯文，戴了副黑框眼鏡的年輕男老師，站在閃著螢光的圓形舞台上，語帶磁性地為同學介紹天文學知識，高瘦的身材，長方形的臉蛋，還有時時掛在臉上的微笑，在夜晚燈光的陪伴下，顯得風采迷人。

這是一座附設於莫瓦中學教學大樓頂樓的現代化天文台，樓高十五層，稱為「觀天台」，是棟半球體的現代化建築物，潔白無瑕的牆面，反射室內一盞盞燈火的輝煌。

最前面的台座上，掛著一面超大型液晶面板，像一幅巨大的畫，旁邊有個中央控制系統，與台下的個人控制系統遙遙相對，是整座觀天台的中央指揮中心。

台階下方，有一排排圓弧狀座位，完全依照人體工學設計，坐起來舒適又富於現代感。每個座位前面各有一面專屬面板，面板上佈滿各式形狀的按鈕，在蒼茫的夜色下，閃耀著神祕的光芒。

「各位同學，請按照預先分組的名單，依次坐好，教學活動馬上就要開始了。」

等待同學們一一就座完畢，賈斯文老師繼續發言。

「好，現在就由老師來介紹這套目前最先進的星體觀測系統，全稱叫做『通天眼動態望遠星體觀測系統』，簡稱『大通天眼』；而我們學校的屬於較為迷你版，簡稱『小通天眼』，它是與國立中央天文台同步的新穎裝備。」

賈斯文老師的眼鏡彷彿發光體，不斷放出異樣光芒。

「它是一顆半球體的先進裝備，上面有一萬顆迷你天眼，呈規則的等距排列，每顆獨立的迷你天眼離母體天眼一公尺長，都有活動式觸手連接，形狀就像一隻海裡的水母，只是可以飛上天，所以我們戲稱它為『飛天水母』。」

「待會兒它將會飛到距離我們正上方一萬公尺的高空，與我們的觀天台成等速運轉，而它上面的每顆迷你天眼，都可由各位同學座位前面的面板直接操控。好了，老師要先發射這顆小通天眼，大家稍等一會兒就可以直接從事星體觀測了。」

賈斯文老師仔仔細細講解完畢，伸出食指按了前方面板上一顆水母形狀的小型按鈕，圓型屋頂立刻敞開一道圓形空洞，在滿屋的白色夢幻裡，塗上一道深邃的黑。

小通天眼突然飛了起來，像極了一隻黑夜裡會發光的美麗水母，在漆黑如海的夜空裡，通體晶瑩剔透，往屋頂的黑洞移出後，迅速激射而出，劃出一道炫麗流星弧。

不一會兒，屋頂又自動覆上，整座觀天台的所有白色牆面，顏色漸漸轉趨黯淡，最後變成透明的高透光玻璃鏡面，教室輝煌的燈火瞬間全部熄滅，四周突然一片漆黑，輕柔的音樂從耳邊如流水般潺潺飄來，等眼睛適應黑暗環境後，當頭竟是滿天星光。

「哇，好漂亮，好浪漫喔！」阿雅不覺驚呼出來。

「哇，好黑暗，好恐怖喔！」小智故意搗蛋回應。

阿雅白了左邊座位破壞情調的小智一眼，轉頭望向右邊座位的阿光，卻看到一雙因為期待而發亮的眼神。

同學們眼前的控制面板，突然通通自動開機，中央大型螢幕瞬間亮了起來，同學們座位前的不同造型的按鍵，也呼應似的發出各色光芒，交互輝映，美得像都市夜晚的萬家燈火。

「今天我們要觀察M族星系，它距離莫瓦星大約一〇〇到二〇〇光年，共有九十九顆太陽及九朵星雲，與數不清的行星、衛星及彗星等等組成，老師要你們找到其中一顆行星，並且拍照存檔，就算完成作業。不過行星本體並不會發光，必須反射所屬恆星的光芒，所以角度與時間的拿捏很重要喔！操作期間如果有任何疑問，都可以直接向老師或同組成員請教。好，我們現在觀察開始。」

賈斯文老師一聲令下，彷彿將軍下達指令，如小兵的大伙兒各個摩拳擦掌，躍躍欲試。

「哇，太帥了，我要開始找了。」小智興奮地說。

「哇，別作夢了，你哪次作業是自己做的，還不都是請阿光幫忙，所以我敢打賭，你一定找不到！」阿雅故意潑他冷水。

「少瞧不起人了，我找給妳看，找到妳可要叫我一聲師父喔！」小智挑釁地說。

「哼，找到還不簡單，只是時間快慢而已。這樣好了，我們來場比賽，看誰『先』找到，輸的就叫人家師父，阿光，你說好不好？」阿雅轉頭問阿光。

「嗯！」

阿光雙眼直直盯著螢幕，只要他專心做一件事，世界上其他事情就不存在了。

「好，我現在以『鳥符文』正式宣佈。」

小智在筆記面板上，畫出兩隻小鳥爭食的模樣，這是阿光根據長期觀察鳥類生態，所發明的「鳥符文」，是一種簡單的象形文字，單獨代表各種意義，任意字體的排列組合，又可組成各式不同的訊息，是全世界只有他們三個人才看得懂的特殊語言。

「比賽計時開始！」小智彷彿裁判，鳴槍起跑。

觸動式按鍵讓小智的手指頭沒有停過，阿雅也卯足勁全力以赴，因為她才不想叫自稱「天文白痴」的小智一聲師父呢？

阿雅心中盤算著，自己要是不小心輸了，至少還有「天才阿光」穩贏？但是心裡還是有些擔憂，不時以眼角餘光偷瞄著阿光，卻見他兩眼直盯住螢幕，臉上毫無表情，好像一點兒也不把比賽當回事，阿雅愈看愈是心急。

「耶，我找到了，就在M２與M３之間，有一顆小小小小的行星，只發出微微微微弱的光芒，還是被我小智大師給拍了下來，哈！哈！看來從今天晚上開始，小智我可要從『天文白痴』，晉升為『天文大師』了，對不對，阿雅？」

「哼！別高興得太早，說不定阿光早就找到了，只是不想給你難堪呢，是不是，阿光？」

「咦?奇怪了？」阿光彷彿沒有聽到他們之間的對話，自言自語地說。

「怎麼了，阿光？」小智與阿雅齊聲同問。

「在M５６星系附近的兩顆行星當中，怎麼會有這個小紅點呢？」阿光眉頭鎖得緊緊。

「耶，你看吧，人家阿光一次就找到兩顆行星，兩顆吶！不像有個吹牛大王，只找到一顆就得意洋洋？」阿雅故意挖苦小智，以掩飾自己輸他的窘境。

「說不定他只是運氣好呢？」小智也不服輸地回答。

「酷比，幫我連接昨天拍的照片到螢幕上來。」阿光向旁邊正在打瞌睡的貼身機器人酷比發出指令。

「唔，是主人在叫我嗎？乖乖的勒，主人，馬上就好。」酷比驚醒過來，立刻幫阿光將所有資料直接接上電腦。

酷比是阿光的貼身機器僕人，名字雖然很酷，可是長相一點都不酷，反而有些滑稽。

酷比屬於舊型機器人，大大的腦袋，有各色補丁片，好像拼裝車一樣。有兩隻可以伸縮自如的天線耳朵，但常常會往下垂，好像蜜蜂兩隻損壞的觸角掛在外面。一個黑色的長方形喇叭是他的大嘴巴，上面還有音頻高低的波紋。全身關節在行動時會劇烈扭動，好像隨時有解體的可能，也像隨時會摔倒的模樣。

酷比長相雖然零零落落，毫不起眼，卻是阿光實實在在的好幫手，一個巨型的貼身資料庫，學名為「百科全書機器人」，雖然沒有絲毫攻擊能力，卻有超強的運算能力，以及功能強大的資料查詢系統。

「乖乖的勒，只要酷比在，一切好搞定。」酷比大聲地說。

「酷比，要謙虛一點！」阿光糾正他。

「『謙虛』一詞，『謙』者，虛心、不自滿；『虛』者，空、謙退、衰弱、心有愧而膽怯；『謙虛者』，虛心不自滿，功成不驕傲。」酷比自以為是，當場翻譯起來，卻被阿光白了一眼。

「主人翻白眼，意思是不喜歡我現在的樣子，根據分析有兩種可能性：第一種可能，是我太自大了；第二種可能，是我話太多了。乖乖的勒，主人的意思好像我兩種都有。」

酷比說完，立刻用手摀住嘴巴，眼睛卻骨溜溜地轉個不停，好像做錯事怕被處罰的小孩子模樣，逗得全班哈哈大笑。

「阿光，怎麼了？」阿雅在旁邊關心地詢問。

「你們看，這是我前幾天連續觀測的M族星系資料，不管是恆星、行星、衛星、彗星、小行星，甚至運行在星際間的流星體，都有完整報告，卻沒看到這顆小紅點，這到底是什麼呢？」阿光搔了搔頭，大惑不解地說。

螢幕上清晰的星體照片、觀測時間及天候狀況等，所組成的記錄圖表，密密麻麻，看得小智與阿雅瞠目結舌，原來阿光平常都有做功課，別說叫他找一顆行星，就是叫他找一顆流浪的太空殞石，恐怕都不成問題！

「哈哈！還是天才阿光厲害，看來我只能稱霸體育界，無法跨足天文界了！」小智心服口服地說。

「老師，我有問題！」阿光眼光一閃，舉手發問。

「好，阿光同學，請把你的螢幕接上主螢幕來，嗯，你的問題是什麼？」

「老師，在M56星系附近的兩顆行星當中，怎麼會有這顆從未記錄到的小紅點呢？」

阿光將最近幾天的觀測資料陸續傳上去，賈斯文老師瞪大了眼睛，也覺得有些奇怪。

「老師，現在可以連上國立天文台的大通天眼嗎？」

「現在是晚上，雖然大通天眼是二十四小時觀察天象，但天文台的值班人員已經下班，沒有開放查詢了。」

「老師，我有一個辦法，就是把所有小通天眼的觸手迷你天眼連結起來，做一次更加仔細的觀測。」阿光提出建言。

「對呀，我怎麼沒想到，如果把一萬顆迷你天眼加在一起，理論上就可以發揮百倍以上的功效！好，請各位同學先關掉手邊的迷你天眼系統，老師要把它們通通串連起來。」

「好了，請電腦螢幕放大一百倍。」

「哇，那是什麼？」

「好像有一條尾巴，還會冒煙呢？」

「啊！幽靈彗星！」阿光與老師異口同聲。

「幽靈彗星？」現場一片騷動。

「主人，需要我解說嗎？」

酷比詢問主人，阿光望向老師，老師點頭示意。

「好，乖乖的勒，現在就由本星球最博學多聞的酷比百科機器人為您服務。根據最新資料顯示，這無疑是顆彗星，因為它是由岩石、冰層與氣體等多種物質摻雜而成，有尾巴的原因是因為接近恆星時，溫度提高，冰層融化所造成的，所以俗稱『掃把星』，自古就有不祥的傳說。不過根據天文學的角度看來，彗星本無罪，庸人強加之。而它為什麼多加了『幽靈』二字，是因為一般的彗星雖然詭異，也有固定的運行軌道，而幽靈彗星為何而來，又從何而去，到目前為止，都是一個謎，所以莫瓦星的天文學家才會通稱它為『幽靈彗星』。」

「啊！」

阿光與老師竟然又同時驚呼出來，兩人面面相覷，露出驚恐的神情，嚇得現場其他學生們鴉雀無聲。

「咦？根據本星球最博學多聞的酷比所運算的資料顯示，如果方向不變，這顆幽靈彗星將於一個月後直接撞擊莫瓦星，造成星球上近乎全部人類的毀滅！」酷比興奮地滔滔不絕。

「等等！酷比，不要再說了……」阿光來不及制止，酷比已將恐慌散播出去。

「啊，世界末日要到了！」現場同學一片嘩然。

「各位同學請安靜，這些都只是我們暫時性的推測，幽靈彗星行蹤不定，並不一定會對莫瓦星造成威脅，所以請各位放心，我們會繼續追蹤，也請各位同學回家後不要亂說，以免造成不必要的恐慌！好了，今天的課上到這裡為止，祝大家晚安，並請阿光等人留下來幫老師整理教室喔！」賈斯文老師依然笑容可掬地送走大家，結束今晚的課程。

等同學們走後，老師的神情突然嚴肅起來，阿光也是。

小智與阿雅不禁齊問：「老師，你不是說這些都只是推測而已，叫大家放心，現在到底怎麼回事呢？」

老師沒有正面回答他們的問題，等關閉學校的天文台後，就直接帶著他們三人，坐上專屬校車，急奔莫瓦皇宮而去……

小智等人嚇了一跳，因為他們進入莊嚴肅穆的皇宮後，要見的人，竟然就是阿雅的父親——「莫瓦國王」。

「賈老師以及各位親愛的同學請坐，我已經派人向小智與阿光的父母通知了，說你們要來我家找阿雅討論天文學的功課，所以請你們好好放心坐下來聊，管家，麻煩請準備一些小茶點招待這幾位貴賓喔！」

莫瓦國王熱情招呼大家，態度慈祥親切，清楚交待已經向父母報備行蹤以後，讓拘謹的大家鬆了口氣，小智從剛才緊繃的河豚，漸漸變成洩了氣的皮球，肚子也「咕嚕咕嚕」叫了起來，被貼心的莫瓦國王察覺到，吩咐管家好好招呼客人。

小智像餓死鬼發現大餐，滿嘴塞滿食物，令原本優雅嚼著餅乾的阿雅差點噴出來，手肘不小心撞到阿光，轉頭要道歉時，卻發現阿光聞風不動，像一尊木頭人。

莫瓦國王臉上保持微笑，卻語重心長地向賈斯文老師提問：「情況，真的有你剛才電話中說得那麼嚴重嗎？」

賈斯文老師用力點點頭，莫瓦國王也對阿光說：「阿光，你和小智以前常來我家找阿雅玩，所以也不要跟伯父客氣，就當作在自己家裡，我已經下班了，千萬不要再把我當成國王，伯父知道你對天文學有濃厚的興趣與基礎，我想聽聽你自己的看法。」

「是的，國王陛下，喔，對不起，伯父。」

阿光嚥了嚥口水，神色肅穆地回答：「根據酷比的大數據資料庫，加上我在路上又重算超過十幾次，結果令人意外的是，它，這顆紅色的不明彗星，似乎也在微微修正軌道，而且所修正的方向，都是朝莫瓦星球正面而來！不過我還需要一些時間及數據佐證，才能下最後定論。」

「噢，有這種事，這顆你們稱它為『幽靈彗星』的傢伙，似乎有意要跟我們過不去，如果真的是這樣，看來我們這一個月可有得忙了，不過請你們放心，我們絕對不會坐以待斃，一定會想出辦法解決的。」

「國王，國立天文台的負責人及所有組員全數到齊，等著您親自過去主持會議呢？」

「嗯，好的，今天謝謝你們大駕光臨，這麼晚了還把你們找來，真是不好意思，明天要是遲到了，記得跟老師說是老國王害的喔，哈哈！你們先回家休息，賈斯文老師，麻煩你跟我一起來，小朋友們，再見了，管家先生，請你親自送他們回家，拜託了。」

「是的，國王陛下。」

「國王，我……我想要一起去！」阿光篤定地要求國王。

「我也是！」「我也是！」小智與阿雅也做同樣請求。

「好好，你們的心意我了解，不過時間真的有些晚了，你們暫時回去睡飽一點，該讓你們表現的時候，我可是不會放過你們喔！晚安了，各位同學。」

隨著老國王幽默的語調消逝，迎面刮來的夜風，似乎隱含著令人不安的冷冽訊息。

隔天時近正午時分，突然全校的廣播器頻頻響起，大禮堂擠進全校所有師生，連關心的家長也來到現場，演說台上，大家期盼的校長靜靜地站在一旁，直接步上廣播台的，竟然是全國最德高望重的——莫瓦國王。

「各位親愛的同學、老師、家長們，大家午安。」莫瓦國王一開尊口，現場立刻鴉雀無聲。

「耽誤大家用餐的時間，真是抱歉！大家心裡一定在想，為什麼我們的國王會親自出現在莫瓦中學呢？就在昨天夜晚，莫亞中學的觀天台，有一位優秀的一年級新生，發現了人類有始以來，需要面對的最大危機，也是攸關全人類存亡的關鍵，有一顆天文學家稱之為『幽靈彗星』的不明星體，正以龐大的身軀，極高的速度，朝莫瓦星球迎面而來，我簡單用一句話形容，『它是衝著我們來的』！」

莫瓦國王簡短的一席話，彷彿宣告了世界末日，想不到昨夜的危訊，今日竟然已經證實。

「危機已經出現，就在我講完的十二點整開始，我們只剩下最後三十天的時間，全球最頂尖的科學家們，正在著手各種因應措施，全國百姓也將全體動員起來，我今天來到這裡的目的，是要找出自願的同學，組成兩組『時空探險隊』，每組三到四人，搭乘我們新發明的時光機，回到過去，回到傳說中的精靈王國，找出他們曾經讓彗星轉向的天大祕密，我深知這是個不可能的任務，但以我們目前的處境，別無選擇，只要有一點點機會，都不應該放棄。由於時光機空間狹小，無法乘載大人，我才會在這個國家最危難的時候，代表全國百姓，懇請各位莫瓦中學的同學們幫忙！」

老國王誠懇的態度，感動在場每一個人的心，也融化彼此間曾經有過的傷痕，但回到茫茫的過去，震撼力似乎又大於彗星撞擊。

現場一片靜默，空氣裡靜得只剩下呼吸聲，突然有人高聲打破沈默。

「為了國家，即使生存的機會再渺茫，我願意前往！」阿光挺身而出，意志堅定地說。

「我們也願意前往。」小智與阿雅同時也站了起來。

「乖乖的勒，我也要報名參加，少了我這本博學多聞的酷比百科全書，冒險就變成危險了！」酷比也高舉外表冰冷，內在卻熱情的手。

「嗯，好，好，他們就是昨晚提早為我們發現危機的人，也是小女梅莉雅的同班同學，謝謝你們，我即刻同意小女前往，不過其他同學還是要家長親口同意才行。」

「稟告國王，我是小智的父親羅漢生，小犬能代表國家出去冒險，我以他為榮，相信他的母親也將以他為榮，我答應他的決定。」小智的父親情緒激動地跳出來說話。

「我也有同樣看法。」阿光的父親中田圭祐也在現場。

「國家興亡，匹夫有責，要不是我發明的時光機空間太小，來不及改裝，無法由大人代勞，我也想親自前往過去，為國家盡一份心力。」

「謝謝你，中田圭祐、羅漢生，我謹代表全國同胞，向你們致上最高敬意。」莫瓦國王哈腰鞠躬，激動得雙手發抖，眼泛淚光。

「國王言重了。」小智與阿光的父親齊說。

「我也要去！」

歐提斯高舉雙手，在人群中脫穎而出，與小智大有互別苗頭之意！

全校風迷他的女生一聽說「黑騎士」歐提斯自告奮勇，要為全莫瓦人民冒險，一時尖叫聲及加油聲連連，差點在彗星來襲前，先震垮禮堂的屋頂。

「既然老大決定要去，我能不參加嗎？敬愛的國王，也算我一份。」

歐提斯的身邊參謀阿巴尼，挺著鷹勾鼻及長下巴，皮笑肉不笑，總讓人覺得不知道他肚子裡賣什麼膏藥。

「既然兩位大哥都要去了，怎麼能少得了我庫卡呢！我雖然腦筋不行，力氣可大的很呢！」

庫卡說完，竟然將展示用的數百斤重石雕像，整個離地扛了起來，這對大塊頭的他來講，實在太容易了，由於動作危險，國王的貼身護衛趕緊衝上前制止，三名大漢，竟然差點接不下來。

「我是歐提斯的貼身護衛機器人多摩將軍，為了貫徹保護主人的至高職責，也算我一份。」

「嗯，好，好，想不到大家都這麼有愛國愛民的情操，國王我實在太高興了！」

看到年輕學子的熱情參與，也都得到家長的認同，堅強的莫瓦國王，最後流下感激的熱淚。

「最後，我要以堅定的語氣對大家說：『我們不是神，沒有辦法決定命運；但正因為我們是人，所以可以改變命運。』莫瓦王國的未來，不是決定在那顆我們不熟悉的彗星上，而是掌握在我們自己的手裡，讓我們一起伸出雙手，用心捍衛莫瓦王國的未來吧！」

大家在成串如珠玉的淚光裡，手牽手，心連心，此刻十二點整鐘聲正好響起，宏亮的鐘聲，彷彿向世界預告，大家共同的命運，這最後倒數的三十天……

第五章：誤入侏儸紀

莫瓦文明滅絕倒數三十天

蛋型的時光機被放置在中央圖書館的寬敞大廳，四周靜得出奇，對比明日可能的喧囂，將有許多送別賓客造訪，這星球的可能救星之一。

館外夜幕低垂，館內燈火昏暗，接近午夜時分，一道黑影迅速閃入大廳，在地上拉出一條長長的影子，彷彿黑暗中的神祕巨人。

黑影躡手躡腳，不似行家，動作有些生疏，跌跌撞撞爬進時光機，不一會兒，影子在牆上投射出娟秀的側面臉龐，又一眨眼工夫，就完全被黑夜吞沒。

第二天清早，還不到開館時間，門口外面已經擠滿人潮，聲音有些吵雜，卻沒有預期的喧鬧。

只有少數的家屬被允許進入館內，為將代表國家冒險的兒女們加油打氣，「時空探險隊」的旗幟在館內外飄揚，牽引父母與子女間的離情依依。

小智的媽媽沒有多說什麼，只是緊緊地摟住他，小智露出痛苦表情，差點窒息，卻捨不得掙脫。

阿光的媽媽牽著一家人的手，圍成一個小圈圈，大家低頭深深祝福，耳邊不時傳來細微而莊嚴的聖歌。

阿雅的父王也來到現場，妻子不幸早離人世，慈父身兼愛母，對阿雅總是耐心對待，緊緊握住她的雙手，流露出父愛的暖流。

沒有熱鬧的惜別會，只有深深的祝福情，未來的旅程充滿變數，能不能達成任務？能不能成功返家？誰也沒有把握！

阿光的父親是時光機的製造者，負責解說時光機的種種操作方法，鉅細靡遺，深怕有任何遺漏的可能。

阿魯曼叔叔脫去怪異裝扮，西裝筆挺的他讓人有種不習慣的感覺，要不是正式的場合，真正的他才不想被衣裝套住呢！

他負責叮囑精靈王國的任務，交給探險隊每隊一張親手繪製的盤古大陸地圖，並標示出許多可能生產水晶石的記號，尤其是火山口附近。

再分配兩隊執行任務的方向：A隊由南向北，B隊由北向南，以中部的「蠻荒草漠」為會師中心點，合力搜尋出五色水晶石，並找到神祕白晶石，一併帶回來交差就可以了。

任務交待完畢，阿魯曼叔叔單獨留下小智這一小隊，似乎有話要說。

「我發現一股神祕的力量正在擴散，看來黑戒指必定在另一探險隊身上，所以你們務必小心謹慎。梅莉雅，這個白戒指你戴上，記得，白戒精靈可以為你們指引白晶石的位置，相對的，黑戒精靈也會指引黑晶石的所在，黑晶石一旦問世，必定帶來世界浩劫，是另一場大毀滅的開始，大家千萬要記清楚。好了，接下來就全靠你們了，願正義能戰勝邪惡，世界永保和平。」

阿魯曼叔叔說完，將他隨身攜帶的白色戒指，轉戴阿雅纖纖玉指，一股熾熱的使命感直接竄入小智等人心頭深處，他們不僅背負了拯救世界的命運，也承擔了阻止邪惡的使命，這小小的白戒指，將為這條茫茫的冒險之路，點上熊熊的光明之火。

由於時間緊迫，兩組人馬列隊，分別進入蛋形時光機，在眾人的祝福聲中，立刻啟動引擎，展開未知的冒險旅程。

蛋形時光機構造簡單，分內外兩層，中間真空隔離，所以實際上是兩個分別又組合的特殊結構體。

蛋形內圈呈漂浮狀態，當蛋形外圈加速到每微秒十萬圈時，眼前就會出現一條時空隧道，就可以進行超時空轉移，轉移到電腦精設的目的地，而且它本身也是一個飛行器，到達目的地以後，就可以從事空中飛行，來執行任務。

阿光是機器天才，為A隊的當然駕駛，隊長由小智擔任，隊員有阿雅與酷比，四人一條心，喊出隊呼，準備全力以赴。

B隊以歐提斯為隊長，阿巴尼負責駕駛時光機，庫卡、多摩將軍為隊員，也是四人一組，同樣承載眾人滿滿的祝福，展開全新的冒險旅程。

A、B兩隊總共八個人，全都是莫瓦中學的學生，各司其職，又群體合作，分兩組同時出發。

阿光啟動電源，扳開所有開關，慢慢將轉速加快到每微秒十萬圈，「咻」的一眨眼，與B隊隊員同時消失在眾人眼前。

「警告……警告……電腦系統故障……電腦系統故障……有墜機危險！有墜機危險！」

電腦發出一連串警訊，小智等人大驚失色，怎麼一出發就遇上大麻煩，難道是時光機設計有問題？小智大喊：「阿光，怎麼辦？」

「別急，電腦，啟動手動操控，由我接手駕駛，大家坐穩了！」阿光面不改色，異常冷靜。

蛋型時光機由正軸平旋，慢慢傾成斜軸曲旋，大伙兒被搖晃得頭昏眼花，好像坐雲霄飛車一樣，突然又一陣天旋地轉，時光機最後澈底失去控制，墜落在不明的未知地域！

「你們還好吧？」

小智有點想吐，第一個醒過來，一一叫醒眾人，還好大家都沒事，才大大鬆了一口氣。

阿光檢查機體損壞情形，電腦回報偵測結果：外殼只有輕微擦傷，通訊系統故障，電腦當機未排除，其他沒有大礙！

「奇怪？這附近有特殊的能量場反應，說不定我們因禍得福，有要找的東西呢？」

阿光說完，掀開蛋殼上方出入口小洞，一陣清風迎面襲來，好不舒爽。

探頭向外，看到一大片高聳的蕨類植物，綠色的葉脈把天空都染綠了。

大家小心翼翼爬出機體後，都被眼前的美麗景緻給迷住了，那是一大片原始地域，遠處有高山，有瀑布，有流水，近處森林裡草綠花香，時光彷彿回到很久很久的過去……突然傳來阿雅的抱怨聲：「小智，都出來外面了，你的呼吸聲幹嘛那麼大聲，跟牛號一樣！」

「又沒有！」

小智反駁的話都還沒說出口，突然看見阿雅瞪大原本就水汪汪的大眼，像一對大銅鈴似的，低聲說：「小智，對不起，原來那個呼吸聲不是你，是牠！」

「哪個他，這裡還有別人嗎？」

眾人同時回過頭，看見一個有卡車頭大小的動物頭部，有三隻大角，兩個小眼睛，直直瞪著他們，並發出「吽吽」的低號。

「阿光、阿雅、酷比，我數到三，我們一起快跑！」小智嚇得有點腿軟。

「等等，我看牠的眼神好像沒有敵意！」阿雅發表不同看法。

「牠的學名應該叫三角龍，草食性恐龍，有三隻角保護自己，因而得名。體重二十噸，脾氣還算溫馴，不過我們好像……好像跑到牠的窩裡，母親為了保護孩子，會不顧性命的，恐怕……」

沒等阿光說完，三角龍銳利的角幾乎牴到他們身體，小智抱怨剛才聽他的就好，現在留在原地肯定沒命！

四人同時閉目待斃，等待死神的召喚，突然感覺到身上一陣黏稠，好像有東西在舔他們似的，慢慢睜開雙眼，三角龍竟然用長長的舌頭溫柔的舔拭他們身體，就好像慈母對待自己的小孩。

「誰說我們要逃，我看牠把我們當成牠的孩子了！」阿雅反駁小智的說法。

「哦，原來如此。」阿光好像發現什麼。

「阿光，怎麼了？」小智與阿雅齊聲同問。

「你們看看我們時光機的造型。」阿光邊說邊用手指指向身旁的時光機，沒錯，一顆美麗蛋型線條矗立眼前。

「難道牠把我們當成剛從蛋裡孵出來的小孩，哇，太棒了，有位三角龍媽媽，好酷喔，回去說給同學聽，一定沒有人會相信的！」阿雅興奮地說。

「對呀，說不定我們還可以騎牠逛大街呢？」小智故意潑冷水，卻被阿雅白了一眼。

「奇怪，你們看這些恐龍蛋？」

阿光一一檢視地上的恐龍蛋，發現每一窩都有十顆蛋左右，附近共有數十窩，加起來有百顆之多，原來他們迫降的地方，正好是三角龍媽媽們群體下蛋的好地方，不過仔細看，一個個又大又圓的蛋殼上，竟然都佈滿了奇異斑點。

「酷比，幫我掃描一下蛋殼內部組織。」阿光露出疑惑的表情，對酷比下達命令。

「是的，主人。根據經驗推算，這些蛋原本的孵化率只有三成，就是百分之三十，總共有三十顆左右的蛋會孵出小恐龍，不過根據蛋內組織掃描結果顯示，這些蛋全部都是死胎，孵化率為零。」酷比認真地說。

「怎麼會這樣？那三角龍媽媽不是太可憐了，守護這些蛋這麼久，居然連一顆也……也……」阿雅眼眶泛紅。

阿光拿出隨身深測器，發覺這些蛋都有超標的幅射及較高的磁場反應。

「奇怪？『較高的磁場』，應該是這裡屬於火山地形，有較多的地底礦脈外露的關係，對恐龍蛋並沒有太大傷害。至於超標的幅射能量，又是為什麼呢？」阿光一副百思不解。

「好吧，對於牠們可憐的處境，雖然值得我們同情，但是對於我們自己的遭遇，恐怕得先設法解決才行！」小智適時提醒大家。

「嗯，小智說的有道理。總之，我們要先修好電腦，再找出精靈王國所在。酷比，幫我查查三角龍生存的年代，還有做周圍環境的植物與礦物比對分析，找出我們降落的確切時間和地點。這大概要花點時間，我先去修理電腦，你們兩人就利用這個空檔，好好跟三角龍媽媽培養培養感情，說不定會需要牠幫忙呢？」阿光提出建議。

「我才不要認這隻怪獸當媽媽呢？」小智面有難色。

「想達成任務，就配合一點，走，跟我去向三角龍媽媽問好！」阿雅拖著心不甘情不願的小智，去找三角龍媽媽好好培養培養感情。

經過一會兒工夫，四人再度集合在一起，討論下一步該如何走。

「電腦當機情形我已經排除，應該沒有大礙。我發現附近有水晶石的能量場反應，我們要不要去找找看？」阿光興奮地表示。

「真的嗎？或許我們不用到精靈王國，這裡就找得到水晶石呢？」小智愉悅地回應。

「嗯，那我們等一下就出發去找。酷比，請你先跟他們報告一下分析的最新結果。」阿光轉頭詢問酷比。

「是的，主人。乖乖的勒，根據最新資料分析顯示，三角龍還有這裡的環境，都不是精靈王國時代的產物，而是更早的爬蟲類侏儸紀時代。簡單地說，我們可能因為電腦故障，沒有到達一億五千萬年前的精靈王國，而是誤打誤撞，進入更久遠的三億年前的侏儸紀，我們的航道徹底偏離設定了。」酷比詳細解說。

「好吧，那我們就趁機先去找水晶石，再整裝重新出發到精靈王國。由於這裡樹蔭太多，遮蔽住視野，我們繞過去那邊的土丘看看，我和阿雅已經跟三角龍打好關係，可以騎牠去了。」小智說。

一行人騎上三角龍背脊，好像騎上大象座騎，只是更加巨大，視野也變寬變廣許多。

來到土丘上面，揮別遮蔽視野的濃密樹蔭後，眼界突然放大，發覺天空異常明亮，大家看到其他恐龍都對著遠方天空，不時發出不安的悲鳴。

眾人尋方向遠眺，天空的盡頭，竟然有一顆火紅的星球，拖著長長的尾巴，朝著他們飛奔過來。

「看來我們來的年代，正巧是彗星撞擊，恐龍滅絕的不幸時代。」阿光憂心地說。

「我們是不是要儘快找到水晶石，趕在彗星撞擊星球前離開？」阿雅問。

「嗯，根據我的探測器顯示，水晶石就在不遠的前方，你們看遠方冒煙的地方，應該就是一處火山口。」阿光好像很有把握。

「好，時間不多了，我們趕快出發。阿光，也請你算算，離這顆彗星撞擊的時間還有多久？」小智問。

三角龍緩緩繞過小土丘，卻忽然止住步伐，一步也不想再向前行的樣子。

阿光已經叫酷比算好時間，距離撞擊時間還有一個星期，大家才稍微放心，只要在七天內找到水晶石，就能出發前往原本想去的地方——「精靈王國」！

莫瓦文明滅絕倒數二十九天

（侏儸紀滅絕倒數七天）

「咦？三角龍媽媽怎麼完全不動了！」阿雅好奇地問。

「對啊，你看牠全身顫抖，好像被什麼東西驚嚇到？」小智摸摸三角龍的背，好像發現到什麼。

三角龍雖然渾身不自主發抖，卻挺直鼻上的犄角，步伐緩緩向後退，好像前面有什麼東西擋住路似的！

突然凌空一聲巨吼，一顆碩大的暴龍頭出現在土丘旁邊，露出整排鋒利的巨齒，惡狠狠朝三角龍直逼過來。

「啊！是暴龍，怎麼辦？」阿雅大驚失色。

「糟糕，對方的體型實在太過巨大，硬拚對我們不利！酷比，播出模擬恐怖怪聲，先把牠嚇走！」阿光鎮定地面對。

「吼……喝……嘶……哈……」

原本進逼的暴龍，只要再越過小土丘，就會與三角龍正面遭遇，卻被突來的怪聲嚇到，雙腿一奔，落荒而逃！

「呼！還好對方還不是成年的暴龍，嚇嚇就走，否則我們可要成為牠的小點心了！」小智大大舒了一口氣。

「這裡怎麼會有暴龍？我們要不要繞到另一邊看看？」阿雅提議。

三角龍慢慢退回原路，再繞到另一邊高丘。

爬上山丘頭，由上往下俯瞰，前方有兩座大山比鄰，中間有一條長長的狹谷貫穿，兩谷中間的窄道，就是通往阿光所說的火山口通路，也就是水晶石置放的地方。

只是這窄道前面，沿途散佈的，竟然全都是可怕的地獄使者——暴龍！

眾人臉色鐵青地退了回來，心想酷比的怪聲頂多只能嚇走一、兩隻暴龍，面對滿坑滿谷的「暴龍谷」，原本樂觀的心情瞬間都跌落谷底。

莫瓦文明滅絕倒數二十四天

（侏儸紀滅絕倒數二天）

時間一天天流逝，不知不覺已經過了五天，任憑小智等人用盡千方百計，都無法接近暴龍谷，眼看巨大的彗星已經漸漸將大地烤熱，撞擊的時間迫在眉睫，陷入瓶頸的他們，步入進退維谷的地步。

「怎麼辦？這裡離撞擊時間只剩下不到四十八小時，我們是要冒險通過暴龍谷，尋找水晶石，還是乾脆放棄，直接前往精靈王國呢？」阿雅憂心忡忡。

「既然我們知道這裡有水晶石，就不能輕易放棄，否則下一個遭受無情撞擊的，恐怕就是你我的家鄉——莫瓦王國，看來只好硬拼硬闖了！」身為隊長的小智堅定地說。

「嗯，我同意小智的看法。我們可以趁彗星來襲，暴龍驚慌之際，找一些遮蔽物護住身體，悄悄走過暴龍谷。」阿光提議。

「看來也沒有其他辦法了。好，我們出發吧！」阿雅也表示贊同。

一行四人再度啟程，打算冒險橫渡暴龍谷。

「噓……彗星已經讓牠們心生恐懼，只要我們小聲一點，或許就可以慢慢接近火山口。」

小智等人躲在一叢會移動的綠草堆，小聲地發出警告。

草叢的縫隙間，慢慢地，慢慢地閃過一隻隻可怕的暴龍，好不容易挨到一半的距離，眼看就要進入暴龍谷，此時酷比不小心左腳踩到右腳，大大跌了一跤，電腦系統瞬間當機，大聲地怪叫起來：「吼……喝……嘶……哈……」

一群又一群因為過度疲累而處於昏睡狀態的暴龍，突然被怪聲驚醒過來，紛紛警覺地跳了起來，不約而同朝發聲的地方看過來，發覺是前面一團草叢在鬼叫！

群體接連大怒，最近的一隻一口把小智他們躲的草叢咬起來，用力甩到一旁，裡頭露出四個會動的可口小獵物。

突然「吼」一聲震谷動地，久未進食的暴龍們紛紛捉狂，食物都還沒到手，就先打起群架，以爭奪最佳搶食位置。

其中一隻身材最高碩的暴龍王現身，暴力地驅走附近其他暴龍，以首領的威風姿態睥睨全場，又對著天空狂嘯數聲，附近的暴龍看樣子紛紛走避。暴龍王以勝利者自居，眼神露出凶光，緩緩逼近獵物，想要享用這頓天上掉下來的美味禮物。

正當暴龍王張嘴想吃掉小智他們，遠方突然一陣天搖地動，好像發生大地震，有為數更多的三角龍群起攻來，個個眼神篤定，大有同歸於盡的氣勢。

三角龍群好像一面大盾牌，逼得暴龍群讓出一條通路，等牠們衝刺到小智等人身旁，立刻屁股向後，犄角向前，將他們四人圍在中央，又在外圍加了好幾圈，好像母親保護小孩，不顧生命危險似的，惡狠狠與可怕的敵人對抗，絲毫不居下風。

龍群中，有一隻三角龍蹲下身體，好像要讓人騎上背。

阿雅認出是三角龍媽媽，立刻抱住牠痛哭起來，小智與阿光也感動不已，為了自己的孩子，竟敢與比自己強大數十倍威力的暴龍對抗，母愛真是偉大！

四人騎上三角龍，在眾龍的團團保護下，緩緩通過暴龍谷，終於到達火山口。

小智四人不約而同地抱住三角龍媽媽，又摟又親，心中無限感謝牠的救命之恩。

有了三角龍撐開的保護傘，小智與阿光才得以放心，聯手進入火山口。

火山口不時冒著熾熱蒸氣，溫度高到會灼傷人體，必須小心翼翼閃避，腳下岩石也崎嶇不平，空氣裡還瀰漫著一股刺鼻的硫磺味。

小智與阿光發現裡面有一處天然岩洞，長滿各式怪石，其中有兩種特別的石頭，一種是黃色的，一種是黑色的，靜靜地躺在陰暗的角落。

兩人看到大為興奮，小智負責採下岩礦，阿光負責探測能量指數，分別忙了起來。

等小智採下兩顆拳頭大的岩塊時，阿光露出喜悅的色彩：「還好我們沒有白來，黃色的是黃水晶。至於黑色的，可惜不是黑晶石，而是黯晶石！」

阿光繼續解釋：「黯晶石是黑晶石的原礦，必須經過千萬年的火山熔合，在高溫高壓下急速冷卻，才會變成擁有可怕能量的黑晶石。」

「好，走吧！」

阿光將黃水晶放入酷比的肚子裡貯藏，黯晶石則順手放入隨身口袋，在三角龍群的保護下，退回暫時安全的窩。

此刻夕陽西下，原本應該黯淡的天空反常地亮紅，一輪看起來比太陽還大的彗星，拖著長長的尾巴，照亮整個夜空，四周所有生物都被嚇得四處哀號、竄逃，彷彿預知了世界末日的到來。

阿雅安撫著三角龍媽媽，轉頭對阿光說：「阿光，我們真的救不了牠們嗎？」

「阿雅，你現在的心情我完全可以理解，但你別忘了，這就是我們此行的目的，除非我們找到五色水晶石與神祕白晶石，要是我們任務不幸失敗了，整個莫瓦文明也將澈底毀滅，或許牠們就是未來的我們，所以實在愛莫能助！」阿光同情地說。

「對啊，阿雅，我們都為牠們的遭遇感到同情，但很快同樣的境遇將發生在我們自己身上，所以我們一定要振作起來！」小智安慰地說。

「對了，阿光，現在有了黃晶石，我們哪時候離開呢？」小智又問。

「現在夜間不適合做時空轉移，為了爭取時間，我明天打算做飛行間轉移，電腦已經定位完成，到達精靈王國應該沒有問題！」阿光肯定的說法，讓大家彷彿吃了定心丸。

「那我們明天就可以聯絡上探險B隊了嗎？」阿雅好奇地問。

「理論上應該可以。」阿光回答。

「要我找不友善的探險B隊，還不如找我的三角龍媽媽來得好呢！」小智一臉不屑。

「噢，不是有人一開始死都不肯叫一聲三角龍媽媽，現在怎麼叫得這麼順口呢？」阿雅故意鬧他。

「那……那是因為……我又沒說過永遠不叫牠三角龍媽媽！」小智硬拗。

看著為了他們，可以不顧生命危險的三角龍媽媽，明天即將群體滅絕，阿雅難過的淚流滿面：「可憐的三角龍媽媽，就讓我陪你睡最後一晚吧！」

當晚的夜並不平靜，濃濃的血紅色塗滿整片天空，熬過恐怖的黑夜，接下來的晨曦，將是致命的毀滅！

莫瓦文明滅絕倒數二十三天

（侏儸紀滅絕日）

一大清晨，阿光熟練的駕駛著時光機，時光機好像不曾發生過事情一般，緩緩飛上天空，在空中平穩地慢慢加速。

隔著窗戶往外瞧，地面上一群群不同種類的恐龍，卻都有相同的命運，有的四處盲目奔逃，有的放棄慵懶不動，或許牠們已經知道，可怕的命運枷鎖，將無情地套在牠們身上。

「三角龍媽媽，再見了……所有侏儸紀的恐龍們，再見了……」

阿雅視線漸漸模糊，轉頭離開窗戶，不忍心再看，模糊視線的滾燙淚水，像湧泉般不斷滑落。

「坐穩了，各位！電腦設定目的地：精靈王國，一億五千萬年前。時光機，全靠你了，出發！」

阿光設定好座標，按下按鈕，在紅光滿天，巨星來襲的前一刻，消失在遙遠的侏儸紀公園！

第六章：食人族

莫瓦文明滅絕倒數二十二天

平安到達目的地後，小智等人按照計畫，由南向北行，繼續尋找水晶石。

阿光把時光機摺疊縮小成膠囊狀，小心帶在身上，眾人發現又來到一處不知名的叢林地帶。

阿光交待酷比記算可能降落的時間和地點，小智則喊著尿急，憋不住了，立刻閃身遁入草叢內解決。

「噗……噗……噗……」

「咦，那是什麼聲音？」

小智小解完畢，還沒穿上褲子，先在地上拾起一顆石頭，順手往前丟去。

「噗……噗……噗……」

聲音愈來愈接近，迎面而來的，竟然是一隻頂著兩顆巨牙的大山豬，氣呼呼朝小智一邊用腳剝土，一邊發出怒吼聲。

「媽呀！是大山豬，我們闖入牠的地盤了，大家快逃呀！」小智拎著褲子，邊逃邊跳邊穿。

小智一下子從草叢裡飛奔出來，眾人沒聽到小智的呼喚聲，也莫名其妙地跟著跑了起來。

大山豬一經騷動，瞪大眼，挺直牙，生氣地從後面跟著衝殺過來。

眼見大山豬快要逼近，阿光急中生智，大叫一聲：「酷比，獅吼！」

「吼……吼……」

突然的驚嚇巨響，大山豬緊急煞車不及，滑了一大跤！

等大山豬掙扎爬起來後，腳往後退了兩步，發覺只有聲音，並沒有敵人真正出現，知道被騙，更加生氣，撩了撩大尖牙，又氣呼呼地朝他們衝殺過來。

「嗖！」的一聲，大山豬慘叫，倒地掙扎一下，又爬起來，想再往前衝！

又「嗖！」「嗖！」兩聲，大山豬應聲倒地，只哼了幾下悶氣，再也爬不起來了。

眾人這才停下慌亂的腳步，驚魂略定，搞不清楚究竟發生什麼事！

突然從兩旁草叢裡，竄出幾頭怪獸，虎頭人身，頭上插著野雞毛，胸前掛著山豬獠牙，手裡握有狼牙棒，三分不像人，七分倒像鬼，朝倒下的大山豬嘰嘰喳喳說了一陣，又朝他們這邊嘰哩咕嚕說了一陣，便把他們圍了起來。

一個領隊似的人走了過來，朝他們全身上下，從頭到腳仔細打量一番，露出貪婪的獰笑，小智等人知道事態嚴重，原來幫他們獵倒大山豬的，不是救命恩人，而是想把他們煮來吃的食人族——「半獸人」！

小智輕輕地向阿光打出暗號，阿光心下也暗叫不妙，心想剛躲過尖銳的山豬牙，卻招來可怕的食人族！

眾人在半獸人的前呼後擁下，來到一個小部落，立刻被關進木條大牢，聽到外面一陣歡呼聲，想必是為了捉到大山豬以及他們這幾個獵物而興奮的大肆慶祝呢！

四周燃起了熊熊烈火，把漆黑的夜晚點亮成白晝，耳邊傳來陣陣戰鼓的聲音，急切而激動，彷彿是歌頌滿載而歸的祭典儀式。

頭戴詭異羽冠的祭司，舞動手中裝有骷髏頭的手杖，向著火堆頌咒、跳舞，彷彿在迎接死神的降臨，這就是半獸人最可怕的「死神之舞」。

小智等人被並列而結實的綁在木樁上，望著滾動的烤肉木條，之前向他們攻擊的大山豬，已經發出陣陣的焦肉味，或許下一個烤肉的對象，就是他們了！

「阿光，我想我們已經來到精靈王國了！」小智淡淡地說。

「這話怎麼說？」阿光半信半疑。

「你看我身邊這個人，高度與我們相當，皮膚白得像雪，長髮飄逸，臉型削長，長相俊秀，身材清瘦，看起來弱不禁風，但最重要的是，他有一對薄翼翅膀。」

「啊！那他一定就是傳說中精靈王國的人，想不到會在這裡遇見，不過他看起來相當疲憊，好像受傷了！小智，快想辦法離開這裡，否則就要一起成為半獸人的食物了！」阿光驚訝地說。

「我倒有個主意。」小智好像想到什麼，但話還沒出口，附近的么喝聲突然中止。

祭司高舉手中骷髏權杖，向著烤熟的大山豬呼喝幾聲，現場立刻轟然雷動。

突然，祭司又將骷髏權杖舉向被縛住的眾人，嚇得大家臉色鐵青，小智心想再不動手就來不及了，於是用手指頭在木樁上畫出他們之間的暗語——「鳥符文」，阿光心下明瞭，立刻對酷比發出訊號。

酷比接收到指令，眼睛立刻放出紅光，是迷信的原始人公認的死神之眼，對著半獸人群，用當地的土話大喝幾聲，原本沸騰的半獸人情緒，突然嘎然而止。

半獸人群見到這位被綁住的外族人，竟然會說土話，都嚇得往後退，祭司也被嚇退幾步，但身為神明的代理人怎能退縮，立刻又朝酷比迎面走來，半獸人群見祭司不怕，又開始鼓譟起來！

眾人一見計策無效，急得像熱鍋上的螞蟻，還好阿光夠冷靜，一計不成，二計又生，立刻朝酷比又打了幾個暗號，酷比了解，準備做出更驚人的舉動！

酷比本來就是機器人，只是常常會忘記，把自己當成真正的人類。

此時酷比恢復本尊，小小繩索怎麼綁得住他，立刻在眾目睽睽之下，將緊縛的繩子一把扯斷，再發出兩聲怒吼，直直朝方才烤山豬的地方走去。

二話不說，酷比抄起地上火把，一支一口，一連吞了好幾支！

還好酷比的結構主體是耐高溫的金屬材質，這點小玩意根本算不了什麼，卻嚇壞現場所有的半獸人，也嚇得原本氣燄囂張的祭司雙腿一軟，跌坐在地上！

愛秀的酷比好不容易逮到了機會，哪肯輕易罷休，為了證明自己是真正的神，竟然跳入半獸人即將煮食獵物的沸騰大水鍋，順便洗洗澡、哼哼歌。

這時的半獸人你看我，我看你，不約而同地都向酷比雙腿下跪，真誠的拜了起來，因為他們心目中已經認定，酷比就是來自地獄的「死神」！

酷比見到半獸人上當，心想再秀過頭就要挨主人的罵了，趕緊叫他們把小智等人鬆綁。

不久，大家都上了貴賓席，時而眼放紅光，一副神祕模樣的酷比，現在儼然成為半獸人的真正神明了。

不一會兒，眾人坐上首領大位，香噴噴的烤山豬肉正好充饑，新鮮的水果用以解渴，大家看著半獸人必恭必敬的模樣，都暗自竊笑，也樂於暫時享受這種帝王般的禮遇。

只是畢竟還身陷危境，到時候這些沒有文明的半獸人翻了臉，說不定餐桌上的佳餚，就不是山豬肉，而是自己鮮嫩嫩的肉呢！

「謝謝你們的救命之恩！」

那位長著薄翼翅膀的人，吃了東西以後，彷彿較有元氣，開口言謝。

「啊！你會說我們的話！」小智等人訝異地說。

「我不會說你們的話，但是牠會，我只是藉用牠的語言能力而已！」

長著薄翼翅膀的人，指著停在肩上，一隻長得很像貓頭鷹的怪鳥說話。

「藉用牠的語言能力？」小智等人半信半疑。

「這是我們白精族的雕蟲小技，叫做『藉能術』，就是利用法術，藉用信任你的動物的特殊能力，這隻卡比鳥不是一般的鳥類，而是語言天才，只要聽過的話都能翻譯過來。對了，我還沒自我介紹，我叫霍達姆斯，是白精國王子，最近聽說已經消失百年的黑暗魔法蠢蠢欲動，銜父王之命暗中調查，連夜趕來南方，想不到還沒查到證據，因為旅途勞累，不幸被半獸人俘虜了。」白精王子霍達姆斯說。

小智等人聽他說完，十分驚奇，小智也簡略地向霍達姆斯報告他們此行的目的，霍達姆斯聽完，更覺驚奇，來自未來世界的人，一億五千萬年後，霍達姆斯頓時目瞪口呆。

「我們的確在一百年前的黑、白精國大戰中，成功地利用白晶石轉移來襲的彗星，但那顆名為『幽靈彗星』的詭異星體，是當時黑精王利用黑晶石召喚過來的，他想先毀滅精靈王國，再重建完全屬於他個人的邪惡國度，最後在我父王帶領的白精族勇士們，以及各支援種族的努力戰鬥下，黑精王戰敗，最後消失蹤影，從此黑、白晶石也下落不明。奇怪？怎麼一億五千萬年後，詭異的『幽靈彗星』又出現在你們的國度！我自己的知識有限，這得請教父王才行。總之，你們對我有救命之恩，我可以幫助你們，這些半獸人喜怒無常，我們還是快點離開這裡！」

白精王子霍達姆斯帶著小智等人，離開了可怕的食人族地界，準備助他們一臂之力。

第七章：地底世界

莫瓦文明滅絕倒數二十天

又過了二天，已經離開蓊蓊鬱鬱的叢林，進人疏疏落落的雜木林，雜草淹沒膝蓋，發出窸窸窣窣的聲響，彷彿困在積雪盈尺的山徑上，寸步難行。

不一會兒，有一株參天古木拔地而起，聳入雲霄，枯幹伸展到天際，末端還冒著細芽，內部樹身卻呈空洞化，被鄰近草叢淹沒掉。

霍達姆斯剝開草叢，指著空洞的樹身說：「『如果說地底世界是矮人族的家，那古樹的空樹洞就是矮人族的門。』這是多年前一位矮人族朋友告訴我的，所以前面的樹洞就是通往矮人國的捷徑。我知道矮人王那邊有顆舉世罕見的『紅水晶』，我會想辦法把它借來給你們。」

霍達姆斯又仔細介紹矮人族的特色：「矮人們長年居住地底，靠著採礦和培植蕈類植物為生，身材只有我們一半高一點，卻力大無窮，個個都是大力士，可以輕易舉起身體五倍重的重物。不過個性善變，尤其是他們國王，號稱『善變矮人王』，更有明顯的雙重性格。他平常待人極好，親切、慈祥是他的代名詞，十足是位大好人，但千萬別在他面前提到『水』字，否則馬上變臉，成為殘暴、凶狠，無惡不作的壞國王。我們精靈王國在一百年前彗星撞擊危機時，曾經求援過矮人族，矮人族心地狹窄，死也不借一地一穴，後來我們就『水淹』矮人國，從此雙方結下大樑。所以待會兒大家要特別小心，等我們借到紅水晶後，迅速離開，以免橫生枝節，各位明白嗎？」

霍達姆斯講得十分詳細，小智等人卻聽得非常模糊，精靈族曾經為戰爭求援不成而水淹矮人族地下王國，如此的深仇大恨，他們會輕易借出紅水晶嗎？萬一身陷幽暗的地穴裡，恐怕想逃命比登天還難。

「你們放心，矮人們各個都很健忘，只要你們不出聲，跟著我走，就不會有事的。」霍達姆斯發覺氣氛不對，立刻溫言緩頰。

「既然白精王子這麼說，我們只有全力配合，走吧！」小智等人勉強答應。

大伙兒跟著霍達姆斯的步伐，沒入黑暗、潮溼、封閉的地下通道，左彎右拐，上爬下探，恍如進入一座超大型的地下迷宮。

走出通道，眼前聳立一座巨大的石頭宮殿，依著洞穴蜿蜒形勢建築，傍著一彎清泉潺潺流過，建築體本身全是由天然鐘乳石盤結而成，組成一座雄偉、奇觀的地下城堡。

不知從哪裡借來光線，鐘乳石在柔和的陽光下，放出五顏六色的異樣光彩，將地下城堡點綴成霓紅般燦爛，也讓小智等人看得目瞪口呆，彷彿進入的不是單調的地下城堡，而是多彩的夢幻王國。

在侍者的引領下，霍達姆斯等人步入矮人國皇宮，裡面的設備更勝外頭。所有眼睛看得到的房舍屋宇、樓閣亭台，都是金碧輝煌，金色的屋簷，銀色的柱子，古銅色的地板，其間還鑲嵌大量的珠玉寶石，相互爭輝，彷彿是一座活生生的寶庫。

矮人們天性酷愛金銀財寶，不僅大量開採，也大量使用，已經到了俯拾皆是、不可思議的地步了。

「歡迎光臨地下宮城，諸位辛苦了，由於你們的親身蒞臨，讓我們深處幽暗地下的鄙陋宮殿增色不少。」矮人王客氣地說。

「哪兒的話，敬愛的國王，是您好客的熱情，溫暖我們外出旅人的心，我們在此向國王您祝福，祝國王千秋康健，祝王國萬載富強。」白精王子霍達姆斯也客氣地回應。

「哈哈！好說，好說，既然貴客遠道而來，想必有要事相稟。來人，宣朕旨意，設國宴款待諸位貴賓，咱們邊吃邊聊。」矮人王親切又好客。

小智等人聽說有國宴可以享用，滿心期待，又看到眼前這位好好國王，慈眉善目，親切的不得了，那有霍達姆斯口中所說的那麼可怕！

一排排佳餚席上陳列，沒有大魚大肉、蔬菜鮮果，清一色菇類大餐，不過雖無想像中豐盛，一則因為體力耗損過度，二則菇類鮮者可媲美雞肉，一頓飯下來，倒也賓主盡歡。

「啟稟國王，由於日前聽聞邪惡的黑精國信徒再度蠢動，我精靈國父王為免天下蒼生再度陷於爭戰，防患於未然，派遣下屬臣子前往各大陸與各國王會商，看能否幫大家手中的珍貴水晶石暫為保管，等風聲一過，自然雙手奉還，否則要是落入壞人手裡，加上黑晶石的邪惡力量，世界恐怕又將陷入恐慌漩渦，有滅國亡族之虞，這是家父付託予我的親筆文書，請陛下過目。」

白精王子霍達姆斯親手呈上父親白精王的親筆信函，只有一張空白紙和一支黑羽筆。

臉上總是掛著慈善笑意的矮人王攤開信紙，黑羽筆彷彿有了自己的生命，緩緩飛動起來，在紙上流利書寫，不一會兒，一張官方級正式文書成形。

「哇噻，好神奇的筆喔！真想有一支。」小智等人驚奇不已。

「這沒什麼，只是基礎魔法中的『空書咒』，是精靈王國每個人都會的小法術，請大家切勿見笑。」霍達姆斯微笑地說。

「嗯，事態果真日益嚴重，如果世界再度陷入危機，身為一份子的矮人族怎麼可以袖手旁觀，置身事外呢！來人，快取出朕的鎮國之寶『紅水晶』出來。」矮人王通情達理，一口答應下來，讓小智等人佩服不已。

「多謝慈藹的國王成全，小臣謹代表家父，向您致上最深切的敬意！」霍達姆斯見事情發展順利，心上石頭暫且放下一半。

等侍者拿來稀世珍寶「紅水晶」，霍達姆斯高舉雙手恭敬接過，眾人正想起身告退，中途離席上洗手間的小智，匆匆忙忙走回大廳，向白精王子借來的翻譯天才卡比鳥正好停在肩上，突然傳來抱怨聲音：「這麼豪華的宮殿，連廁所都是金子打造的，怎麼連一滴洗手的『水』都沒有？」

「水……水……我聽到水了，是誰在說水呢？」

矮人王突然霍地站了起來，臉上露出痛苦的表情，五官開始扭曲，發抖的雙手摀住臉，高聲尖叫：「水……水……我聽到水了，是誰在說水呢？」

小智驚覺失言，立刻用手摀住卡比鳥的嘴，不過為時已晚！

霍達姆斯用手勢暗地裡提醒大家慢慢向後撤退，才走到一半，矮人王好像經歷了一場世紀掙扎，一百八十度後轉的頭突然回正，慢慢放下因為過度痛苦而摀臉的雙手，雙手已經不再顫抖，方才慈祥的容貌徹底沒入地底，慈眉善目轉為面目猙獰，親切的笑容也變為駭人的獰笑！

「嘿！嘿！精靈一族，一群天殺的騙徒，害死我多少無辜百姓；古猿一族，一群狡猾的惡棍，奪走我多少奇珍異寶。這些不共戴天之仇，今天終於得報，算是大地之母送給矮人族的驚喜禮物。來人啊，捉住他們，一個也別放過！」

矮人王大吼一聲，驚天動地，整座地宮都震動起來，身邊幾個膽小的守衛跌坐地上，其他的矮人立刻衝上前，想活捉小智他們。

「快往前跑！」

霍達姆斯喝動小智等人撤離，自己卻張開翅膀飛到宮殿上方，反向朝矮人守衛飛了過去，口中一邊誦念咒語，使出「定身咒」，將眼前進逼的矮人們一一定身，自己再迅速向後撤離。

「其他人跟我來！」

身手矯健的矮人王，身經百戰，輕易躲過霍達姆斯發出的定身咒，又喝動更多的手下追來。

「這邊，快！」

霍達姆斯飛到前方，居高臨下，一方面開路，一方面觀察後方追兵情形，可惜矮人族宮殿比精靈國低矮許多，無法振翅高飛，利用空中優勢迎敵。

霍達姆斯發覺已經來到宮殿盡頭，旁邊有一個小地洞，裡頭黑壓壓的，深不見底，眼見追兵已經快要逼近，迫不得已，只好帶著眾人眼睛一閉，一起往下跳了進去。

「等等！」

矮人王率領眾人緊急煞車，雙目環顧四方，露出陣陣獰笑！

「可惜叫那些騙徒逃走了，不過這是莫瓦古蟻新挖的洞，他們雖然逃過矮人族的利斧，卻落入莫瓦古蟻的巨牙，地底世界何其之大，我看他們有命進來，沒命出去，就讓這些號稱『地獄幽靈』的莫瓦古蟻，慢慢啃蝕他們的肉體吧！哈……哈……」

矮人王恐怖的笑聲，迴盪在幽暗的地底世界，久久不散……

小智一群人慌不擇路，感覺不是漸漸走出地底，而是慢慢深入地心，通道愈來愈窄，路線也愈來愈曲折，好像一處永遠走不出去的地底迷宮。

「你們看，前面好像有亮光！」

小智瞧見興奮地大叫，好像在絕望的黑淵裡發現一絲希望燭光。

等眾人一靠近，發現亮光並不是天然的光線，而是由一個個拳頭大小的巨卵，整齊地排列在一起，連綿到看不見的盡頭，在漆黑的地底世界，閃耀著詭異的螢光。

「這是什麼蛋，怎樣長長的、圓圓的，多到數不清，就是不知道能不能吃？」小智說。

「你就只想到吃，沒多想想我們還困在地底世界，出不去呢！」阿雅瞪了他一眼。

「等等，這些是……啊！大家先噤聲，再慢慢向後退，這些卵碰不得！」霍達姆斯發出高度警戒，但為時已晚。

「你們看，遠方黑暗處有許多小光點，好像愈來愈多，朝我們這邊過來了！」阿光驚呼出來。

「大家身體快動，千萬不能停，這是精靈世界最團結、最凶狠的生物，號稱『地獄幽靈』的莫瓦古蟻，它們體型雖然只有我們的四分之一，但數量多到數不清，團結起來的力量卻是我們的千百萬倍，是這個星球上歷史最悠久的地下主宰，還好只吃死屍以及不動的食物，所以只要我們保持不停的動作，牠們就不會主動攻擊我們！」霍達姆斯情緒激動地解釋。

不一會兒，成千上萬隻莫瓦古蟻如潮水般湧來，將他們團團圍住，一顆顆明亮的眼睛，好像在等待，等待獵物體力不支倒地，就成為牠們到手的美味食物。

大家身體一直不停地動，彼此顧不得醜態，都盡力扭腰擺臀，誇大動作，深怕莫瓦古蟻盯上自己，不過莫瓦古蟻按兵不動的耐心，才是心理上最大的殺手！

「怎麼辦？怎麼辦？我們總不能這樣一直搖到累死，我受不了了，先闖出去看看！」

小智實在受不住，身體向前傾，快步想要硬衝出去，突破蟻群密不通風的防線。前面的莫瓦古蟻被小智突來的舉動嚇了一跳，居然立刻敞開一條通路，但後面的莫瓦古蟻迅速又填補上來，只稍稍走了一小段路，就無功而返。

「你看，牠們在做什麼？」阿雅好像觀察到什麼。

「看來牠們剛從洞外回來，正在整理食物餵養小螞蟻，我們必須等到牠們餵完幼蟻交班後，再伺機而動。」霍達姆斯提出建議。

眼前一大群忙碌的莫瓦古蟻，將巨大的獵物屍體拖回洞內，一隻接著一隻，數量多到數不完，將食物有秩序地堆入貯藏室。有些則從貯藏室裡拿出腐肉，用利牙一塊塊撕裂成小塊，再一口口餵食小螞蟻，場面彷彿屠宰場，令人怵目驚心。

「再動下去，我們還沒被咬死，就會先累死，大家快想想辦法！」性急的小智再度發言。

「我有辦法，只是需要白精王子的幫忙！」阿光突破沈默。

「大家不用客氣，有用得著我的地方儘管開口，再危險我都不怕！」霍達姆斯一口答應。

「我以前研究過螞蟻生態，知道螞蟻王國數目雖然眾多，首領卻只有一隻，就是蟻后，蟻后利用特殊費洛蒙控制蟻群，只要我能採集到蟻后的分泌物，就能利用酷比的簡單設備，炮製出控制蟻群的相同費洛蒙，或許我們就可以藉此離開地底世界！」阿光說。

「好，那怎麼做？」大家齊問。

「等外出工作的工蟻群離開，只剩下少數的守衛蟻，我們四人分散引開牠們，再請白精王子高飛去尋找蟻后，採集到樣本，帶回來給我就可以了。」阿光分派任務，大家聽完都點頭支持。

工蟻群漸漸散去，只留下少數的守衛蟻。

小智做出暗號，小智、阿光、阿雅、酷比等人，分別朝四個不同的方向狂奔，果然引開負責盡職的守衛蟻，再一一將他們逼回原地，絲毫不給他們開溜的機會。

霍達姆斯則利用空檔，再次振翅高飛，並施展「隱身術」躲避蟻群的追蹤，不過因為體力尚未恢復，法力又消失大半，身體只能半隱半藏，在空中若隱若現。

還好莫瓦古蟻視力不佳，全靠氣味溝通，霍達姆斯勉強在低窄的洞穴上方飛行，並沒有被發現，跟著洞中來回穿梭的蟻群隊伍，不一會兒工夫，進入更深的地下層，終於找到一隻肥大，幾乎是自己身體五倍多的蟻后，在蟻群嚴密的保護下，不眠不休地努力生產，培養更多的子弟兵，以繼續鞏固地底王國的統治權。

霍達姆斯見時機成熟，使用僅剩的法力「定身咒」，定住現場所有莫瓦古蟻，自己快步趨近蟻后，順利採集到蟻后控制所有蟻群的獨門祕方。

正想脫身離開，不幸由於法力太過薄弱，身軀龐大的蟻后突然甦醒過來，發覺身旁有陌生人，為了保護自己剛產的卵，立刻發動攻勢，以一雙巨大利牙，向霍達姆斯當頭撥來，只是想單純趕走他，所以用的是利牙遲鈍的背面。

哪知霍達姆斯會錯意，以為蟻后想殺了他，身手俐落的他立刻壓低身體，輕易躲過首波攻擊，在地面上滾了幾圈，卻一不小心，壓破了身邊一顆剛產下的卵！

蟻后見狀，仰天狂嘯，眼神裡迸出殺機，口中利牙來回張縮，惡狠狠朝霍達姆斯的頸部切來，想咬斷他的脖子！

霍達姆斯接連驚險閃過，但發怒的蟻后毫不留情，一波波更狠的攻勢接踵而來，把霍達姆斯逼到牆角，狂怒的蟻后正想咬下致命的一擊，空中突然飛來一小團土塊，正中蟻后頭部，蟻后轉頭望向門口，發覺又來了四個不速之客，正是小智他們。

「喂，大笨蟻，我在這邊，快過來啊！」

小智又接連拋來數團土塊，故意引開蟻后，阿光則迅速拿到樣本，放入酷比肚中儀器分析，阿雅則負責引開其他已經甦醒的蟻群。

阿光分析完畢，立刻叫酷比用現場材料轉換成蟻后分泌的費洛蒙，一行人則退到牆邊，將充滿怪味的液體通通塗滿全身，兇暴的蟻后，憤怒的蟻群，莫名地安靜下來，它們爭先恐後用觸角前來碰觸，味道讓他們融為一體，不分彼此，蟻后又退回產卵區，方才的火爆氣氛立刻消弭於無形。

「想不到這種怪東西這麼好用，看來危機總算解除了。」小智說。

「阿光，既然我們有蟻后般的氣味，有沒有辦法驅使蟻群為我們做事？」阿雅突發奇想。

「理論上是可以的，蟻后用特殊的費洛蒙驅使蟻群為她效命，如今我們身上有著相同的氣味，應該也能這麼做，不過螞蟻是以味覺及觸覺溝通，我們只有味覺，恐怕……」阿光解釋。

「沒有問題，包在我身上。」小智拍胸脯保證。

小智忽然放下人類身段，忽上忽下，忽左忽右，一下子摸莫瓦古蟻的頭，一下子又碰莫瓦古蟻的背，折騰了好一陣子，眾人看得霧煞煞，不知道他在耍什麼猴戲，哪知他卻成功地馴服了蟻群，成為足以號召百萬螞蟻雄兵的——一代蟻王。

「原來如此，小智是用豐富的肢體語言來控制他們，以代替我們缺少的觸覺，厲害厲害，佩服佩服。」阿光由衷讚嘆。

「你看，多威風啊，騎莫瓦古蟻出巡領地，我像不像國王呢？」小智騎在莫瓦古蟻背上，神氣非凡地說。

眾人看得嘖嘖稱奇，一致鼓掌表示佩服。

阿雅不禁搖頭：「威風是威風，可惜螞蟻王國裡並沒有國王，只有皇后，你是想當肥滋滋的蟻后，整天以生產過日？還是想娶她為妻，成為螞蟻王國的真正國王呢？讓你二選一吧！」

「啊？當肥滋滋的蟻后，整天以生產過日；還是娶她為妻，成為螞蟻王國的國王？那我寧願直接死掉算了，二者我都不選，逃命去了，架……架……」

小智騎上莫瓦古蟻，好像騎著馬逃命，看得眾人笑彎了腰，也一掃連日晦澀的陰霾心情。

步出了地底王國，洞外又是一片天，天空藍得發亮，彷彿比平常美上好幾百倍，這種美，大概要經過無盡黑暗洗禮的人才能體會。

阿光攤開地圖說：「從這裡往北走，經過迷霧沼澤，就會到達蠻荒草漠，那裡有一處火山口，就是我們A、B兩隊約定會師的地方。」

眾人騎著莫瓦古蟻，在蟻群的帶領與保護下，成功渡過了充滿危險的迷霧沼澤。

「迷霧沼澤終年濃霧緊鎖，有些地方即使在大白天，也伸手不見五指，其間又住著許多不知名的史前怪獸，還好有這些識途老蟻的幫忙，我們才能平安渡過。」霍達姆斯簡短地介紹。

「感謝你們，莫瓦古蟻，回去代替我們向蟻后問好喔！」阿雅感激地說。

「好了，這裡已是蠻荒草漠的起點，我們繼續往北出發吧！」小智等人告別莫瓦古蟻，也告別了地底世界，朝未知的領域前進。

第八章：友誼的叛變

莫瓦文明滅絕倒數十五天

「蠻荒草漠是盤古大陸裡最大的陸塊，共分兩大區：西邊是沙漠區，東邊是草原區。中間偏南方向的『火焰山』，是一座活火山，經年冒著白煙，我們稱它為『盤古大煙囪』，也是我們往北走的必經之地。盤古大煙囪附近的矮山丘，有許多天然岩洞，住著一群獨特的民族，叫做『盤古猿人』，在精靈族統治的大陸裡，有僅次於精靈族與矮人族的文明。他們有自己的語言，特化的社會階級，長相與你們有點神似，所以矮人王才會誤以為你們是同一族群。不過他們比較像猿猴類，凸額頭，高顴骨，彎背脊，或許是你們未進化的祖先也說不定呢！」霍達姆斯詳細地介紹。

「嗯，霍達姆斯王子說的沒錯，我曾在莫瓦星球人類演化史的書籍上，看過盤古猿人的詳細介紹，他們的確是我們的祖先，只是不可思議的是，書上介紹他們的歷史只有七、八百萬年，而這裡距離我們的世界足足有一億五千萬年，看來我們現在念的歷史課本又要重寫了。」阿雅博學多聞，發表己見。

小智等人與精靈國王子霍達姆斯，就在沿途的閒聊下，漸漸了解彼此，不知不覺又過了五天，終於來到火焰山附近，可是離莫瓦星的撞擊時間點，也正式進入倒數十天！

莫瓦文明滅絕倒數十天

「到了，看到盤古大煙囪了。哇，好雄偉的火山，簡直衝上雲霄了。」小智大聲驚呼出來。

小智等人才踏入火山地界，唯一通往北方的入口處，發現有幾個熟悉的臉孔坐在岩石上，靜靜地對著他們微笑。

「你們比約定的時間還晚來，我們本來不想再等，準備動身去找其他水晶石了！咦？這不是精靈王國的人嗎？」阿巴尼好奇地說。

「對，他是精靈國的王子霍達姆斯。」小智介紹。

「噢，是精靈國的王子！幸會，幸會。」歐提斯目光一亮。

「由北而南，我們好不容易拿到三顆水晶石。至於你們嗎？希望沒叫我們失望！」阿巴尼接著說。

「你說呢？」小智不客氣回答。

「好吧！我們各隊先拿出得手的水晶石，一一比對看看。」歐提斯提議。

等確定五色水晶石全數到齊後，歐提斯繼續說：「既然我們已經會師，並且找到五色水晶石，任務也算達成了一半，如今又有精靈國王子霍達姆斯的幫忙，找到白晶石可謂指日可待。」

「今日天色已晚，晚上在盤古大陸活動相當危險，我明天再帶你們去精靈國的皇宮，參見我父王，我想仁慈的父王一定會盡力幫助你們的。」霍達姆斯提議。

「感謝王子鼎力相助。」歐提斯說。

就在大家的同意下，想好好休息，養精蓄銳一番，等待明天的新旅程。

沈沈的夜幕，緩緩覆蓋整座大地，像一片黑紗凌空籠罩，白天的動物紛紛因為疲累而沈沈睡去，但夜行性動物，或別有目的的投機者，卻靜悄悄地活了過來……

莫瓦文明滅絕倒數七天

「糟糕，阿雅不見了！」一大清早，阿光有事找阿雅商量，發現阿雅不見了。

「發生什麼事呢？」歐提斯等人聞訊也趕了過來。

眾人見到阿雅住的帳篷附近，有明顯的掙扎痕跡，地面上也有許多特別的腳印。

「老大，看來我們被跟蹤了。」阿巴尼如獵人般的眼神篤定地說。

「嗯，我們在這裡又沒有樹立敵人，兇手到底會是誰呢？」歐提斯提出疑問。

「是盤古猿人！」霍達姆斯看著地上的腳印，肯定地說。

大家一看，果然跟人類的腳掌印記一模一樣，只是比較大號一些，心下恍然大悟，因為這裡本來就是盤古猿人的地界。但是他們為什麼只單獨捉走阿雅呢？

「盤古猿人有搶親的習俗，他們會到別的部落搶走女孩子當作自己的妻子，所以很可能是阿雅被他們相中的緣故吧！」霍達姆斯試著解釋。

「如果事情真如霍達姆斯王子所說，那阿雅的處境就暫時不會有危險了，不過我們也必須趕緊想辦法營救她。阿光，我們走吧！」小智急著救人。

「等等，我也要去救梅莉雅公主！」

歐提斯反常地大叫，馬上自覺失態，又補充說明：「梅莉雅公主是我們國家的小公主，我身為B隊探險隊隊長，我有義務把她平安帶回家。」

「噢，是這樣子嗎？」

小智看過歐提斯注視阿雅的眼神，心中多一份懷疑：「好吧，既然B隊隊長願意挺身相救，我們A隊自然感激不盡！事不宜遲，我們快走吧！」

小智和歐提斯，這對球場上的勁敵，現在又成為爭相解救公主的情敵，未來將是一場正面交鋒。

「我有個提議，既然上次球賽沒有分出勝負，不如在這裡見真章！我們來場比賽，就由兩隊隊長代表出賽，誰先平安救出公主，誰就算贏，可以帶著勝利的果實回家，拯救整個莫瓦王國。至於我和阿光，就去地圖上標記的火山口附近，看看有沒有我們要找的東西。不知道各位意下如何？」阿巴尼提出建議。

小智聽完，望向阿光詢問意見，阿光點頭示意。

小智接著說：「那有什麼問題，我接受挑戰。歐提斯，那你呢？」

「求之不得，我是擔心你們承受不了輸的打擊！」歐提斯梳了梳頭髮，一副理所當然會贏的模樣。

小智盯著他看，目標不是他一向高傲的臉，而是他手指上的戒指，在陽光下一閃一滅，竟然就是地下室失落的「黑戒指」！看來陰謀者漸漸露出狐狸尾巴了，這場比賽絕對不是單純的輸贏，背後肯定有更大的陰謀。

阿光與阿巴尼都將找到的水晶石交出來，由霍達姆斯王子擔任公正人收納妥當，並且由他留守營區負責擔任聯絡人。

就這樣，由小智與歐提斯負責解救公主；阿光帶著酷比，阿巴尼領著多摩將軍，來到火山口附近調查。眾人分道揚鑣，延續一場未完成的競賽。

阿光一行人來到火山口，阿光急忙拿出探測器四處探查，發現這裡的確有不尋常的能量場反應，但阿巴尼卻是一派輕鬆，坐在大石頭上，冷眼盯著他瞧。

「東西可以交給我了吧！」阿巴尼終於露出陰險的笑容。

「那你承諾的東西……有帶嗎？」阿光六神無主，不安地說。

阿巴尼將身上的一張契約書交給阿光：「這是我老爸親筆簽名的契約書，在法律上有絕對的效力，你拿去吧！」

「好吧，依照約定，這是你的！」阿光確認無誤後，也把口袋裡的「黯晶石」掏出來，親手交給阿巴尼。

「我……可不可以問你一個問題？」阿光一副戰敗公雞的樣子。

「你是不是要問我為什麼花這樣多心血，要你去侏儸紀的爬蟲時代幫我找來黯晶石？既然我們合作愉快，不妨告訴你實情，其實我這趟旅程的真正目標，不是白晶石，而是黑晶石！」阿巴尼狡猾地說。

「啊？你……你也知道黑晶石的祕密，那……地下室的黑戒指，不是歐提斯偷的，是你！」阿光訝異地說。

「嘿！嘿！人稱天才阿光，果然名不虛傳。沒錯，地下室的那枚金幣，是我故意留下來的，因為我們老大有個特殊習慣，就是隨身都會攜帶一枚金幣，當作比賽前投擲出賽順序用的正反面，嫁禍給他，只是要轉移大家的注意力，而黑晶石的真正祕密，是由一位更神祕的人告訴我的！很抱歉，這我就不方便透露給你了！」阿巴尼一邊說，眼神中竟然泛出淡淡黑光。

「老大一心一意想成為人民心目中的英雄，也看上你們隊上的梅莉雅公主，我送他黑戒指，只是幫他早日達成心願，何況我還要藉重他的機智與能耐找到白晶石，然後就……嘿！嘿！……」

阿巴尼的話還沒有說完，步伐已經悄悄退出洞口，認真尋找水晶石的阿光，並沒有注意到這即將到來的危機，阿巴尼突然對多摩將軍下達指令：「多摩將軍，動手吧！」

「是！」

多摩將軍挺起手臂，縮回五指，立刻變成一挺大砲，「轟」的一聲巨響，洞口被巨石紮實封閉，阿光與酷比被困在裡面，動彈不得！

阿巴尼隔著巨岩，奸邪地對阿光說：「順便再奉送你一個免費情報，為了不讓你破壞我的好事，我是故意把你引來這裡，委屈住上幾天，到時候你的同伴自然會救你出去。不過你即將要面對的，可能是我這個『影音記錄儀』，我們剛才的對話情境，都已經全部錄在裡面了，多摩將軍，謝謝你成為我的專業攝影師，相信小智和阿雅會有興趣看的。恕我還有重要事情，不能留下來看這場精彩的友誼叛變戲碼。再見了，阿光，哈！哈！……」

阿巴尼邪惡的笑聲響徹雲霄，卻字字如利針般刺入阿光的心。

莫瓦文明滅絕倒數五天

小智與歐提斯追蹤盤古猿人來到矮丘區洞穴，發現裡面是一座座可以相互聯結的大迷宮，盤古猿人有極高的智慧，門戶防衛森嚴，讓他們苦無下手機會。

「不知道阿雅現在怎麼了？」小智憂心地問。

「不管使用什麼方法，我一定要救出梅莉雅公主！」歐提斯篤定地說。

「你……你喜歡阿雅？」小智忍不住詢問。

「她是我……」

歐提斯點點頭，本想說出梅莉雅公主就是他指腹為婚的對象，但身為現代人，對於這種過時的說法，似乎有點可笑，所以話到嘴邊又給吞了回去。

「我看你瞧她的眼神，你是不是也喜歡上她？」歐提斯反問小智。

「我也不知道，我和阿光、阿雅三個人一起長大，從小我就喜歡阿雅，玩遊戲時我也都搶著扮演她的新郎，心想長大後就要娶她為妻。等到長大後卻發現那只是一個不切實際的夢，我只是一介平民，她貴為一國公主，雖然莫瓦國王一再打破階級制度，但是我們畢竟門戶不登對，我……也只能在心底暗暗喜歡她，並祝她幸福！」小智說出心中憋了很久的話。

「傻瓜，愛情是帶給她幸福，不是祝她幸福！你知道我為什麼總是喜歡找平民挑戰嗎？有勇氣、有能力的平民，在我心目中，就是貴族；沒有勇氣、沒有能力的貴族，在我心目中，才是一介平民！貴族與平民的界線，不是與生俱來的，而是靠自己努力劃下的。如果真的喜歡上一個人，就絕對不要放棄！」歐提斯溫言相勸。

「歐提斯，你為什麼要告訴我這些？」小智感激地問。

「因為……以前你是我球隊競賽的對手，現在是我探險隊競賽的對手，相信未來，也是我愛情競賽的對手。面對你這樣的強手，我一點也不敢鬆懈，希望你也一樣！」歐提斯第一次讓小智覺得心服口服。

「會的，我可不是會輕易認輸的人，特別是對你，我可敬的對手！」小智伸出手與歐提斯緊緊相握，兩人從以前的無情競爭，轉為現在的有情競賽。

「那邊的洞穴出入人員比較少，我們快點混進去！」小智發覺機會來了。

兩人悄悄步行，緩緩閃入洞窟裡，還好沒有遭遇到敵人，但是洞窟數量繁多，多如鼠穴蟻窩，還是沒有發現到阿雅的蛛絲馬跡。

「捉個『人』問問，或許就可以查探出梅莉雅公主的下落？」歐提斯提議。

小智點頭應允，兩人一聯手，一下子就逮到人了，那人驚恐萬分地比出梅莉雅公主被囚禁的洞室，歐提斯一拳將他打昏，兩人再根據指示，很快就聽到阿雅的呼救聲！

「小心！」

剛步入一處大洞穴內，小智驚呼一聲，一個木籠子從天而降，千鈞一髮之際，小智一把推開歐提斯，「碰」的一聲巨響，歐提斯利用身體翻滾躲過了陷阱，小智卻被困在數百斤重的木籠子內。

「你……你為什麼要救我？你不怕救了我，會失去公平競爭的機會，反而會害了自己？」歐提斯驚奇地問。

「誠如你剛才所說的，愛她就要努力帶給她幸福，我們之間只要有一個人能順利救出公主就行了。快走吧，這麼大的聲響，恐怕很快就會引來大批盤古猿人。不用擔心我，我自己會想辦法脫困，公主就拜託你了！」小智語氣誠懇地說。

「謝謝你，你放心，我一定會救出公主，不負所託。」歐提斯由衷感激，一肩扛起救公主重擔，一溜煙消失在現場。

歐提斯很快就找到公主被囚居屋，發現梅莉雅公主被打扮得花枝招展，地上灑滿了鮮花瓣，身上也綴滿了香花蕊，整個房間就像一座春天的大花園，開滿各式新鮮花朵，香氣撲人，而公主就是裡面最美的一朵。

梅莉雅雙手被反綁在木床上，嘴裡低哼著救命，歐提斯心下明白，這真的是盤古猿人的搶親習俗。心頭火一片熾燒，眼前這位嬌滴滴的新娘，應該是我歐提斯的未婚妻，現在怎麼變成了未開化野蠻人的準新娘。

歐提斯揮動靈蛇般的雙拳，瞬間打倒兩名剽悍的守衛，解下公主身上的繩索，帶著梅莉雅公主迅速離開現場。

「歐提斯，謝謝你！只有你來救我嗎？」

阿雅不是隨便崇拜偶像的女孩子，但看到英俊挺拔的歐提斯，散發出一種無法言喻的英雄氣概，不由得內心也是小鹿亂撞，害羞地問。

「還有羅以智，他為了救我被困在裡面，不知道現在怎麼了？」歐提斯一改平日冷漠的語調，竟然關心起小智的安危。

「那怎麼辦？」阿雅著急地問。

「我已經想到救人的方法，穿戴上這個，我們一起去救他！」歐提斯胸有成竹。

「嗯！」

兩人同時穿上獸皮衣，再把頭髮紮上枯草，果然像極了盤古猿人。

他們走近小智被困住的大洞穴，看到有一大群盤古猿人包圍住小智，有位首領般的猿人好像已經發現她的未來新娘被救走，憤怒地對著小智咆哮。

歐提斯發現情勢危急，顧不得自身安危，直接從人群裡跳進包圍圈。

「笨蛋，人是我救的，有本事應該找我才對！」歐提斯勇敢面對人多勢眾的敵人。盤古猿人起先愣了一下，發現對方才多了一個人，馬上又群起鼓譟。

歐提斯不愧人稱「黑騎士」，並沒有被對方的氣勢壓倒，反而內心一片清明，心想「擒賊先擒王」，猿人性格好鬥，於是用兩根大拇指比出一對一單挑的模樣，暗中則叫阿雅趁亂行動，用他隨身攜帶的萬能小刀搶救小智。

歐提斯隨手從地上拾起一根細木棒，首領也端起隨身的粗木棒，兩人在原地裡繞來繞去，虛張聲勢一會兒，便開始格鬥起來。

猿人首領招招狠毒，又劈又砍，想致歐提斯於死地；歐提斯身手俐落，從容游移在猿人首領的巨棒下，也不時以棒回擊。

不過猿人首領身強體壯，力大無窮，下棒處雷霆萬鈞，所到之處無堅不摧，歐提斯不幸被棒鋒掃中手臂，現出幾條血痕，而猿人首領的身體也被他擊中幾下，竟然若無其事，雙方實力相差懸殊，歐提斯已經處於下風。

阿雅挨到人群背後，用小刀割斷繩索，低調救出小智。

小智也趁亂穿上獸皮衣，看見歐提斯為救自己而陷於苦戰，立刻帶著阿雅，四處找乾草放火，競技場四周突然火光四起，濃煙密佈，盤古猿人軍心大亂，小智帶領阿雅與歐提斯，趁亂逃出了盤古猿人的魔掌。

「歐提斯，你受傷了。」阿雅立刻撕下衣角，為歐提斯細心包紮。

「歐提斯，是你救出公主，又回來救我，我認輸了！」小智胸懷坦蕩地說。

「要不是你先救了我，我又怎麼救得出公主，何況我相信以你的實力，救出公主也不成問題，咱們就算扯平了，誰也不欠誰！」歐提斯說出心裡的話。

「你們說什麼輸不輸的，到底在打賭什麼？」阿雅好奇地問。

「哦……我們……我們只是打那個賭……」歐提斯一時心慌，差點把賭注「阿雅」說出來。

小智發覺要穿幫了，立刻接道：「我們只是打賭，誰先救出公主，誰就能得到公主的親吻，可是我們誰也沒贏，那我們只好一起親吻公主了！」

小智說完，做出要香公主的模樣，嚇得阿雅一把將他推開，逃之夭夭，大叫：「都是你們自己說的，不算數，我又沒答應！」

小智笑著向歐提斯眨眨眼，兩人終於化敵為友。

等他們再次回到火山口附近，阿巴尼神色落寞地上前迎接：「都是我不好，來不及提醒阿光與酷比，眼睜睜看著岩洞內的巨岩塌陷，自己雖然僥倖逃過一劫，卻害阿光他們被困在石洞裡。我本想叫多摩將軍用巨砲轟開洞口，卻擔心脆弱的岩層坍塌得更快，誤將他們永遠埋在洞內。這下該怎麼辦才好？」

「什麼，阿光與酷比被困在山洞裡。」小智與阿雅聽說後大驚。

「由於時間緊迫，我們是不是要等到達成任務以後，再回來救他們。我看洞裡還有一些可食用的植物和泉水，他們應該暫時不會有生命危險才對。」阿巴尼提出建議。

「不行，救人如救火，片刻等待不得！何況就像阿巴尼所說，或許脆弱的岩層隨時有塌陷的可能，阿光與酷比是我的隊友，我不能讓他們冒這個險。歐提斯，你們這一小隊先走吧，全莫瓦星的未來，就拜託你們了！身為A隊隊長的我，是絕對不會丟下隊友不管的，我決定先去救阿光。」

小智明知道這麼做，等於將好不容易到手的水晶石，雙手奉獻給對方，功勞也全被對方搶走了，這正好中了阿巴尼精心設計的陷阱！但事情迫於無奈，隊友的性命絕對比世上任何東西都寶貴，那是一種無價的友誼。

「我也要去！」阿雅一臉堅決地說。

「好吧，達成任務後，我們會回來找你們的，那我們先告辭了！」歐提斯說。

「歐提斯！」阿雅跑過去叮嚀：「你要小心！」

「梅莉雅公主！」歐提斯深情款款地回應：「你也是！」

就這樣，剛合作不久的時空探險隊，再次因不同任務分派而分道揚鑣。表面平靜的探險隊，有恐怖的陰謀，還有友情的考驗，正在醞釀……

歐提斯帶領隊員，跟著霍達姆斯王子往北方走，繼續未完成的使命；小智則帶著阿雅，回到火山口附近洞穴，準備救出最佳隊友。

果然有顆巨石擋住洞穴出口，小智想找出鬆軟的地方進行挖掘，卻看到旁邊的大岩石上面，有一台「影音記錄儀」。

「奇怪？這好像是莫瓦王國時代的流行產品，可以隨時記錄影像和聲音，怎麼會莫名地出現在這裡？」小智覺得驚奇，與阿雅打開機器開關，卻發現了一個驚人的祕密！

「這……?!」

隨著虛擬影像的不斷放送，小智與阿雅大驚失色，原來歐提斯一隊果然別有所圖，而出賣他們的人，竟然是身邊最親近的死黨——阿光！

「想不到與我們相處這麼多年，一直是我心目中最佩服的正義代表『阿光』，最後卻是出賣朋友的小人！原來侏儸紀的誤闖是假的，是有預謀的事件，真是可惡！」嫉惡如仇的小智咬牙切齒，一拳打在岩壁上，臉色現出憤怒模樣。

「小智，你冷靜點，我們三人相處多年，難道你還不了解阿光的為人嗎？他是那種受到威脅也寧死不屈的人，怎麼會出賣我們呢？何況阿光被困在裡面，這東西擺在外面，不是擺明故意陷害是什麼？所以我們先救他出來，再當面問清楚，還阿光一個清白。」阿雅仔細分析。

「好，這個死阿光，要是不給我一個滿意的答覆，我一定要親手把他送給迷霧沼澤的巨鱷當點心。」小智依然氣憤難平。

「阿光，你聽得到我們的聲音嗎？」阿雅在洞穴外面大聲呼喊。

「阿雅，你與小智的對話我全聽到了。小智說的對，我是出賣朋友的小人，你們不要管我，快去阻止歐提斯他們，他們的目標不是白晶石，而是黑晶石，他們似乎有可怕的陰謀，不要浪費時間在我這種人身上，你們快走吧！」阿光一反常態，大叫出來。

「阿光，你不要激動，有事等出來以後再說。」阿雅安慰地說。

「對，阿光，我剛才講的是氣話，我比誰都了解你，你一定有不得已的苦衷，一切等你出來以後再說吧！」小智也對剛才的氣話感到後悔。

「好吧，我也該為自己的錯誤承擔所有責任！你們讓開，酷比，用雷震波。」阿光發號施令。

「轟」的一聲，堅硬的巨岩瞬間碎裂成小石塊，小智與阿雅一起徒手清開通道，阿光與酷比灰頭土臉地走了出來。

「對不起，我是一位出賣朋友的小人！」阿光哽咽地說，阿雅與小智正想出言安慰，阿光以手勢阻止，繼續道出一件驚人的祕密。

「探險隊出發的前一天晚上，阿巴尼突然來找我，說他已經打探出家父的公司出現嚴重的財務危機，所以來找我商量，只要我利用這次的時空之旅，幫他做一件『小事』，他就會勸父親出資幫忙脫困，否則他將煽動父親，買下家父的公司！家父的公司雖小，卻是苦心經營很久才有今日的小小成就，我……我不忍心見到父親的公司倒閉，也不敢想像失去公司的父親會是什麼模樣，明明知道這是威脅，也是利誘，我還是答應了他的要求。」

「那他到底要求什麼？」阿雅急著問。

「到侏儸紀幫他找一種特殊礦石，叫做『黯晶石』，就是之前我們找到的那顆黑晶石的原礦。他沒說要做什麼，只是誠意地想請我幫忙。是我自作主張，沒有找大家商量，就暗中對時光機的電腦動了手腳，害大家跟我一起陷入危境。一切都是我的錯，是我對不起你們！」阿光突然雙膝跪地，抱頭痛哭失聲起來。

「阿光，你不要這樣。」小智與阿雅趕緊扶起他。

小智接著說：「父母關心子女，子女回報父母，這是天經地義的事，如果今天角色換成是我，我也會答應他的請求！我不氣你答應他的無禮要求，卻氣你將所有責任都攬在自己身上，而沒有與我們分擔。阿光，你太不夠朋友了！」小智一拳又打在岩壁上。

「對嘛，阿光，我們三個人從小就一起長大，你還記得共同的誓言嗎？『智光雅，三人組，有我就有你』！以後要是有任何事情，不准瞞著我們，否則我一定要親手把你送給迷霧沼澤的巨鱷當點心。」阿雅笑著說。

「噢，阿雅你好壞，故意重述我的氣話，給我站住，看我饒不了你！」小智假裝生氣撲上去。

「救命啊，史前巨鱷來襲了！」

阿雅邁步大叫，兩人刻意嘻鬧，想化解尷尬的氣氛。

阿光則心存感激，有這麼要好的朋友為伴，即使天涯海角，將永不孤獨。

三人感情一如往昔，沒有受到阿巴尼的刻意挑撥而反目成仇，大家的心意反而更加堅定，同心協力，攜手穿過疾風如刀的「風刃谷」，合力踏過朽索斷木的「寒鴉吊橋」，正式進入精靈王國地界。

莫瓦文明滅絕倒數三天

剛走過精靈王國國界，阿雅手指上的白戒指突然動了起來，阿雅召喚出白戒精靈「基古獸」，基古獸小巧可愛，展開蟬翼般的薄翅，在空中自在飛翔，帶領他們邁入傳說中的精靈王國。

第九章：精靈王國

精靈王國位於盤古大陸最北端陸塊，屬於寒帶範圍，中間被高聳的精源山阻斷，分割成為東西兩地：西方是白精國，東方是黑精國。

百年前的一場大戰，代表正義一方的白精國打敗象徵邪惡一方的黑精國，並成功將黑精王召喚來毀滅世界的「幽靈彗星」轉向，解救了當時的萬千子民。

兩個精靈國統一之後，合併為「精靈王國」，從此不再區分黑白，而精靈王國的皇宮，仍然座落於原白精國的舊宮殿。

一行人來到白精國皇宮，是一座雪白無瑕的冰之宮，外表看起來冷冰冰的，腳步一靠近，卻能感應到暖暖的特殊體溫。

大家正要為它具有神奇魔法般的建築讚嘆不已時，卻看到皇宮裡所有的人都變成了黑色石像，小智等人大驚，白戒精靈基古獸立刻施展魔法，破解了黑魔法的「定石咒」，皇宮裡的人才又恢復原狀。

精靈國王一身雪白，白眉毛與白鬍子透著晶亮，手持聖白權杖，目光炯炯有神，很難想像是位年紀超過百歲的聖者。頭戴五色皇冠（五大種族），黑（男）白（女）帽穗分列兩旁，象徵不分種族與性別，地位在王國內一律平等。

精靈國王十分感激小智等人的英勇義舉，並趕緊向他們簡報，歐提斯等人已經知道黑、白晶石的所在位置，就在精靈王國精源山的神殿裡。

精源山雖有「天空棋盤」保護，恐怕現在已經無力抵擋手戴黑戒指，身中黑魔法愈來愈深的歐提斯；而且他們最可怕的目的，是摧毀白晶石，奪取黑晶石，再到幽靈彗星上面，釋放出百年前被白精王巧施計謀，封印在幽靈彗星上的可怕黑魔大王——「黑精王」。

「原來如此，阿巴尼的全盤陰謀，就是先用黑戒指控制住歐提斯，利用他的卓越能力當開路先鋒，找到黑晶石；再用黑晶石加上五色水晶石的力量，改變來襲的彗星航道，成為莫瓦星的救世主；最後利用我為他找來的黯晶石當誘餌，欺瞞黑精王，以便無條件供他驅策，藉以奪取全世界！自己則保有黑晶石，立於不敗之地，成為莫瓦星的真正主宰。」阿光喃喃自語，恍然大悟。

「小朋友，你的說法雖然合理，卻只說對了一半！黑精王豈是泛泛之輩，不管是誰，都無法控制他，只有白晶石，加上五色水晶石的力量，才能讓幽靈彗星真正轉向，才能克制黑精王的邪惡魔法，黑晶石的冒然出現，只會加速幽靈彗星的撞擊！黑精王其實想利用毀滅世界的機會，來完全釋放自己，等世界毀滅以後，再奪回黑晶石，用它的力量回到過去，重新佔領精靈王國，成為莫瓦星過去、現在與未來的真正主宰。所以你們一定要阻止他的陰謀。記住，黑魔法只能控制人性的黑暗面，只要心存正念，心智就不會被左右。霍達姆斯，你前去協助他們，必要時，可以和白精聖獸基古精靈合而為一，成為白魔法精靈中最強的『聖白精王』！我已經老了，這個任務就交給你了。」白精王語重心長地說。

「是的，父王，兒臣一定全力以赴。」霍達姆斯堅定地回答。

莫瓦文明滅絕倒數二天

眾人及時趕往精源山精靈聖殿，發現歐提斯等人停駐在前方，遲遲不動，顯然遭遇到困難。

「大家先別行動，阿光提過他能複製五色水晶石，我們利用機會引來多摩將軍，將他身上的五顆水晶石騙到手，複製完成以後再悄悄還給他。」小智發號施令。

「好，那要怎麼做？」阿雅提問。

「嗯……酷比應該可以幫上大忙！」小智對著酷比露出不懷好意的笑容：「酷比，你只需如此……這般……」

「我不要，我才不要咧，要我挑戰多摩將軍，那不等同自殺，我是屬於溫柔和平型的百科全書機器人，他是威猛暴力型的攻擊殺戮機器人，我舊他新，我矮他高，我力氣小他力氣大，我哪一樣贏得了他，我才不要咧！」酷比猛搖頭，臨陣退縮。

「酷比，你別忘了，你的智慧贏過他，你的勇氣贏過他，更重要的是，你是我們的好朋友，也是時空探險隊裡不可或缺的一員喔！」小智故意把酷比捧上了天。

「乖乖的勒，真的嗎？我在你們心目中，真的有這麼重要嗎？好吧，我答應你，可是你們要幫助我呀！」酷比總算有點信心。

「那是當然的。」小智拍胸脯保證。

酷比拖著搖搖晃晃的身體，在遠方樹林裡發出一陣怪聲，歐提斯等人發現，叫多摩將軍前去調查。

多摩將軍負責安全守衛，接獲主人命令，立刻執行任務。

來到林子邊，發現樹蔭下有嫌疑分子：「是誰？鬼鬼祟祟的，快出來，否則我要開火了！」多摩將軍挺起砲管。

「是我啦，兄弟！」酷比跳出來：「兄弟，我把你呼喚來，是因為有一件重要的事情要當面告訴你！」

「等等……第一，我不是你兄弟，我才沒有像你這麼醜的兄弟；第二，我也沒時間聽你廢話連篇。我數到三，立刻開火，要命就快滾，一……」多摩將軍直話直說。

「等等，不叫兄弟就不叫，幹嘛這麼不通人情……」酷比急著說。

「二……」多摩將軍繼續倒數。

「你這個笨機器人，寧願當人家奴才，也不會爭取自己的權利！」酷比改用激將法。

「你說什麼？有膽再說一次！」多摩將軍被惹火了。

「不是啦！好，不叫兄弟，叫大哥，多摩將軍大哥，你不覺得當機器人很可憐嗎？被人類呼來喝去，不僅沒有薪水可以領，連休假也不給，更別提不休假獎金了。唉呀，總之啦，當機器人真是可憐……」

小智利用多摩將軍聽得入迷的時候，從地面上忽地滾到多摩將軍腳邊，多摩將軍發覺身旁有異狀，才略一低頭，手腳俐落的小智，已經將插頭插到多摩將軍身上，多摩將軍瞬間靜止下來！

「阿光，快！」小智小聲呼叫。

阿光立刻用外接儀器接上多摩將軍的電腦系統，並打開多摩將軍的肚子，拿出存放的五顆水晶石，掃描完畢以後，迅速放回原處，並洗掉多摩將軍的暫存記憶，退出現場，由小智接手。

小智本想直接拔下插頭，發覺多摩將軍眼睜睜地看著自己，靈機一動，將他的頭扳向另一邊，自己先躲入草叢裡，再叫酷比拔下插頭。

「咦？我剛剛好像有看到A隊隊長羅以智，怎麼一眨眼就不見了。喂！死酷比，你在我身上做什麼？」多摩將軍發覺不對勁，立刻做全身掃描，還好肚子裡的五色水晶石安然無恙。

「我是……我是看到大哥小腿上有一隻小蚊子，想幫你捉起來，這隻死蚊子，有眼不識泰山，我們大哥的腿硬如鋼鐵，還叮住不放，真是沒常識，更加沒知識，大哥，我幫你檢查看看有沒有受傷！」酷比邊說邊後退，用腳後跟將草叢外露出一點點的線路撥回草叢裡，才放心地繼續傻笑起來。

「神經病，離我遠一點，我警告你，別再出現在我面前，否則一砲轟掉你的腦袋！」多摩將軍警告後就走了。

「乖乖的勒，真的好險，呼！」酷比雖然不是真正人類，卻也嚇出一身冷汗。

「多摩將軍，什麼事？」阿巴尼問。

「沒什麼，附近只有小蟲子亂亂飛！」多摩將軍回答。

「好，我再試一次，我已經大致清楚這盤棋要怎麼下了，這次我要改變策略，看我的！」

歐提斯霍地站了起來，眼神堅定許多，步伐再次邁向高台，這是他今天第三次挑戰天空棋盤，顯得信心十足。

歐提斯來到高台，台面上有一個黑白兩方的小棋盤，再往前就是大斷崖，大斷崖兩邊懸空處，有許多高大的人像，也分黑白兩方，與小棋盤擺放的位置完全相同，上面有國王、皇后、祭司、精靈騎士、矮人族與半獸人等，組成一盤能在空中飄浮的精靈棋——「天空棋盤」。

「那是精靈棋的天空棋盤，想過去精靈神殿，就必須贏棋，這是精靈族千百年來的不變規矩，連國王也不例外。」霍達姆斯解釋。

「那你下過嗎？」小智問。

「有，但從來沒贏過，我都是跟著父王一起進去的。」霍達姆斯羞赧地回答。

原來這就是精靈王國聞名遐邇的「天空棋盤」，漂浮在兩座險峻高山的縱谷之間，左邊是白精國棋，右邊是黑精國棋，遙懸在對峙的兩方。當棋賽獲勝時，高台末端會出現一座透明橋通往精靈神殿，精靈神殿終年受到護衛魔法保護，「贏棋」是唯一的通路。

左邊的白精國棋，使用白魔法系（防禦魔法為主），除了基本武力以外，可以使用三項魔法：返轉魔法（將對手的武力、魔法返轉百分之五十回去）、醫療魔法（恢復生命力）、精神魔法（導致對手定身、瘋狂、痲痺等）；而右邊的黑精國棋，使用黑魔法系（攻擊魔法為主），除了基本武力以外，亦可以使用三項魔法：武力加持（攻擊力增加兩倍）、魔法攻擊（使用地、水、風、火法術攻擊）、毒物攻擊（毒氣彈、毒霧籠罩等）。

左右兩國各有十二位人物，分四排站立，國王在最後一排的正中央，皇后、祭司分別隨侍左右兩側；精靈騎士有兩名，分別位於皇后的左前方，與祭司的右前方；矮人族有四名，位於兩名精靈騎士的左右前方；最前排的半獸人有三名，位於矮人族前排間隔內。

兩軍遙遙相對，分佈於長十一格，寬九格，共九十九方格的棋盤內，中間一條紅絲帶似的光面，就是兩國的國界，也是贏棋時透明橋的所在位置。

武器方面，半獸人使用狼牙棒、矮人族使用利斧。這兩族以外，都屬精靈族，除了使用傳統武器，也都會施展魔法，還有一對可以飛行的翅膀。

皇后使用長劍，祭司使用匕首，精靈騎士使用弓箭，尤其精靈騎士更有飛龍座騎，而國王則無任何武力或法力，純屬被保護的角色。

每個棋子都像巨人般，既高大又真實，飄浮在半空中，活靈活現，任憑操縱者做左右、前後移動，攻擊或防守，以看台上的小棋盤，控制飄浮在空中的大棋盤，只要將對方的國王俘虜了，就算贏得棋局。

歐提斯上到高台，依然選擇連輸兩次的黑精國棋。

這次他改變策略，完全不採守勢，一路強攻猛擊：加強武力的半獸人，手中狼牙棒不斷揮舞；矮人的武力也加倍，手中利斧從沒停過；騎士跨上飛龍，射飛箭，施魔法，招招致命。就連原本在國王身邊保護的皇后與祭司，也聯手攻到對岸。白精國一味防守，還來不及出手回擊，國王已經被俘虜了。

「攻擊是最佳的防守，有意思！」

歐提斯得意洋洋，帶領著手下，進入代表勝利的透明橋，大踏步進入精靈王國最神祕的精靈神殿。

「好厲害的棋法！」霍達姆斯還沒讚嘆完畢，小智突然大叫一聲：「快點跟上！」

小智出其不意，一箭步衝上前去，想趁敵人還沒到達彼岸，跟團迅速通過透明橋。

霍達姆斯看了大叫：「危險！」張開翅膀，一把捉住已經跌落橋下的小智，在萬丈深淵裡將他硬生生救了回來，吃力地拖回斷崖邊。

「這裡有強力的精靈魔法保護，只有贏棋的隊伍才能順利通過，其他人只有重下的份了！」霍達姆斯提醒小智。

「那糟了，歐提斯人稱『黑騎士』，智勇雙全，他都花了一整個下午，下到第三盤棋才贏，我們的動作如果太慢，恐怕黑、白晶石都難以保全了！」小智急得像熱鍋上螞蟻。

「我來！」阿光快步上前，並叫酷比隨侍一旁。

「對了，我一急，倒忘了我方有一位更厲害的角色，就是人稱『天才阿光』的超級天才！」小智重燃希望。

「對，阿光，加油，我們對你有信心！」阿雅也從旁加油附和。

阿光回頭笑了笑：「我盡力就是了，不過我個人沒有把握超越歐提斯，現在有酷比在身旁，勝算大增。先做戰情分析，酷比，幫我計算所有可能下法，我選白精國！」

「方才歐提斯的一路搶攻法太過冒險，我現在打算穩紮穩打，根據不同角色的特性，進行『攻』與『守』的配合調度。半獸人的狼牙棒雖然勇猛，防禦力卻低落；矮人族的利斧雖然難纏，行動力卻不夠；精靈騎士綜合各方優點，箭法一流、機動力強、會簡單魔法，但對於魔法的抵抗力差；皇后手持長劍、祭司腰配匕首，兩人聯合保護國王，可惜各自的武器僅能自保，防禦力都不高，但是法力卻高深莫測！根據以上基本情報分析，我打算……」阿光分析透徹，準備放手一搏。

阿光先讓皇后與祭司走向前，一起保護國王，免於後顧之憂。

其次派遣機動性最強的雙騎士搭配，一起攻入敵陣，擾亂敵營。

再以半獸人與矮人族聯手強攻，牽制敵人行動。

最後暗中將祭司調到最前線，這是他下的一招險棋，讓祭司以最拿手的「精神系法術」攻擊對手！

對手果然中計，陷入自己人打自己人的窘境，立刻消耗不少實力。

阿光隨時叫酷比計算雙方「下十步」的可能棋位預測，在酷比強大的運算能力，與阿光聰穎的天賦資質搭配下，兩人只花了短短的十幾分鐘，就完成了這個不可能的任務。

「攻守俱佳，阿光，你果真是個天才，今天我總算大開眼界！」霍達姆斯佩服地說。

「僥倖，如果沒有酷比的幫助，恐怕還得多下幾盤！」阿光謙虛地回答。

小智等人二話不說，迅速跑過透明橋，衝進精靈神殿，看到歐提斯他們已經利用黑戒精靈，找到放置黑、白晶石的地方了。

阿巴尼手中高舉黑晶石，仰頭得意狂笑，另一隻手也貪婪地高舉白晶石，正想重重摔下！

霍達姆斯見情況危急，奮力飛起身來，甩出手中權杖大叫一聲：「住手，定！」將阿巴尼貪婪的手定在半空中，人也僵立不動，好像一尊木頭人。

「老大，我中了白精王子的定身術，快呼叫黑戒精靈救我！」阿巴尼全身動彈不得，嘴巴卻沒閒著。

歐提斯手指頭一指，「嘿麼！」聲音響起，一隻巨大、醜惡的黑戒精靈「黑魔獸」

從空氣中蹦了出來，張開巨大的蝙蝠翅膀，接連發出「嘿㕭！嘿㕭！嘿㕭！」巨響，朝阿巴尼噴了一口黑氣，阿巴尼跌坐到地上，恢復自由身。

「是誰在我面前使用白魔法，是白精王嗎？」歐提斯突然像中邪般，雙眼泛出黑光，說出不屬於自己的聲調。

「遭了，歐提斯已經被黑精王附身，這下怎麼辦？」霍達姆斯自言自語。

「對了，阿雅，快召喚白戒精靈『基古獸』。」霍達姆斯又大叫。

「好！」

阿雅迅速觸摸手指上的白戒指，白戒精靈「基古獸」立刻被召喚出來。

「基古！基古！基基古！……」

白戒精靈「基古獸」發現現場出現了死對頭黑戒精靈「黑魔獸」，為了保護白晶石，立刻開展小薄翼翅，直直飛上天空，以小巧的身軀，對抗巨大無比的黑魔獸，一點兒也沒有畏懼之色。

黑魔獸張開血盆大口，四處亂撞亂咬，鋒利的牙齒連建築物都被啃碎。

基古獸立刻近身纏鬥，還好巨大的黑魔獸動作遲緩，小巧可愛的基古獸行動快捷，兩隻戒指精靈在空中你來我往，一時分不出勝負。

「歐提斯，你怎麼了？」阿雅關心地問。

「對啊，你的聲音怎麼變了！」小智也關心地問。

「梅莉雅公主，是你嗎？我……我好難過，好像有一股強大的力量在我身體裡面，想要控制我，我……我……」

歐提斯突然又變了聲調：「你們還在磨蹭什麼，快帶黑晶石前來找我，我就會實現諾言，滿足你們所有的願望。」

「歐提斯，快醒醒。」小智與阿雅同聲大叫。

任憑他們喊破喉嚨，歐提斯渾然不覺，帶領手下退出神殿，並由多摩將軍全副武裝殿後。

小智等人追了出去，阿巴尼高舉手中白晶石，喝令大家不准再向前一步，腦中突然靈光一閃，叫阿光抽出時光機能源棒交換白晶石。

阿光等人沒有辦法，只好照辦。

阿巴尼狂笑：「白晶石還給你們。小智，沒了能源棒，看你們還能不能追來破壞我的好事，哈哈！」與探險A隊迅速駕駛時光機逃離現場。

這時白精王率領大隊人馬趕到精靈神殿，知道黑晶石被奪，白晶石還在，總算鬆了口氣。

「想拿黑晶石拯救莫瓦星，等同拿肉去餵虎，不管黑精王有沒有取得黑晶石，被黑魔獸引來的幽靈彗星，終將毀滅世界，這是當初我們沒有料想到的，也是黑精王失敗後留下的伏筆，利用人性的黑暗面讓自己在未來的時代復活！各位小英雄們，還有犬子霍達姆斯，快去阻止這場天大的浩劫吧！」白精王語重心長地說。

「可是……現在沒有能源棒，我們哪裡也去不了！」阿光懊惱地說。

「噢，那台機器叫什麼來著，可以借我看看嗎？」白精王好奇地問。

阿光讓白精王仔細端視時光機，白精王看得嘖嘖稱奇：「難怪你們能夠再造莫瓦星文明，這機器製作如此精巧，真是不簡單！」

「父王，現在不是讚嘆未來工藝水準的時候呢，快點想辦法讓它動啊！」霍達姆斯急死了。

「噢，對不起，哈！哈！我只要一看到新奇的玩意兒，就會情不自禁沉迷下去，真是不好意思。阿光，請你打開能源室讓我看看。」白精王不好意思說。

「是的，國王陛下。就是這裡，原本有三根能源棒，供應整台機器的所有動力，如今沒有了，時光機等於變成廢鐵。」阿光清楚解釋。

「其實也不盡然。我做個比喻，億萬年後的你們擁有了高科技這些外在東西，卻失去了原本內在的心靈訓練，所以這台機器在你們眼裡，失去動力就是廢鐵，但在精靈族眼裡，卻還是個寶貝，你只需把這個加上去，動力就看你們的『善念』夠不夠了！」白精王將白晶石放在能源室裡。

「父王，這可是白晶石，是白精國，乃至全精靈王國的鎮國之寶，怎麼可以……」霍達姆斯不解地問。

「孩子，白晶石如果沒有發揮作用，在我們國家，也只是一塊石頭而已；如果能夠幫助億萬年後的生靈百姓，它不就是愛、仁慈與善良的化身嗎？凡事不要執著於眼前的利益，水幫魚，魚幫水，誰也不知道果報會發生在何時，唯有廣結善緣，利益眾生，才是當國王最重要的法則啊！」白精王慈藹地機會教育。

「是，多謝父王教誨，孩兒會謹記於心。」霍達姆斯謙卑受教。

「好，出發吧，孩子們，『善心善念』就是你們的動力，也是正義戰勝邪惡的一把利劍！」

阿光等人複製好五顆水晶石，在白精王與眾臣的目送下，坐上時光機，追往遙遠的幽靈彗星。

「你有一個好父王，真是幸福。」小智等人由衷感佩。

「我有你們這些好朋友，也很幸福呀！」霍達姆斯也由衷地說。

眾人在歡樂對談聲裡，白晶石吸飽了大家的純潔念力，化為無窮動能，將他們送達下一站——「幽靈彗星」。

第十章：決戰幽靈彗星

莫瓦文明滅絕倒數最後一天

「快把黑晶石給我！」

歐提斯大聲咆哮，對著阿巴尼下達命令，慌得阿巴尼連退好幾步，坐倒在地上。

「這……這跟我們當初的約定不一樣，黑精王，你想毀約！」

「毀約？哈！哈！哈！黑精王是不跟人家談條件的，東西你再不交出來，休怪我無情。歐提斯，殺了他！」黑精王對歐提斯下達格殺令。

「那……給你！」

阿巴尼把黑晶石拋向歐提斯，黑精王得意地接住，嗅了一下，大怒道：「這不是黑晶石，只是黯晶石，你竟然敢欺騙我，簡直找死！」

「你……你不要過來！老大，是我呀，我是你手下兼好朋友阿巴尼，你要醒醒呀！」阿巴尼命在旦夕。

「歐提斯，在你鑄下大錯以前，快點停手！」小智適時出現，想喚醒已經被黑精王控制行動的歐提斯。

「噢，又是你們幾個難纏的小鬼，反正早晚都要死，我就先送你們一程。歐提斯，連他們也一起殺了！」黑精王再度下達格殺令。

「我……我不要！」

歐提斯奮力試圖擺脫黑精王的控制，但是被封印在地底下的黑精王近在咫尺，操控能量更強，歐提斯顯然對抗得十分辛苦，眼神裡依然散發著陣陣黑光，拖著蹣跚步伐，惡狠狠朝眾人踉蹌而來。

莫瓦文明滅絕倒數二十小時

「遭了，他們已經佈下『水晶陣』，將五顆不同顏色的水晶石排列成圓圈，還好順序有誤。快，阿光，把另外五顆水晶石交給我，要是讓黑精王突破封印，我們將有一場硬仗要打。」霍達姆斯發覺不對勁，大叫起來。

「庫卡，你到底排好了沒，笨手笨腳！」歐提斯回頭對庫卡咆哮。

「老大，你不要那麼兇嘛，我有在排啊，只是……只是忘了你剛才說什麼來著！」

庫卡吐了吐舌頭，滿腹委屈。

「什麼！白精國王子，連你也來了！糟糕，他也在排水晶陣，庫卡，快把五顆水晶石丟給我！」黑精王大吃一驚。

「太好了，終於不用再排了。老大，接著！」

正當庫卡要丟出水晶石，黑精王突然大喝：「等等！哼，好小子，想跟我玩陰的，還早的很呢？你們的心思就像一面面鏡子，透過歐提斯的腦電波，我可以輕易看到你們下一步的行動，小智與阿光，對不對？」

黑精王陰險地看著心意相通，想半空攔截庫卡丟出水晶石的小智與阿光，此一突來舉動，嚇壞了在場的許有人。

「黑精王竟然能看透我們的心思，我們的所有行動如同攤在陽光下，這下子遭了！」小智等人連呼不妙。

「也沒那麼厲害，你們別擔心，黑魔法屬於攻擊型魔法，只能看透被控制人所能理解的一切，只要我們之間有特殊暗號，他仍能無法預測。」霍達姆斯適時提醒。

「對了，鳥符文！」

小智、阿光及阿雅三人心燈同時一亮，原來這種阿光無聊時獨創的鳥型文字，現在終於又派上用場。

「鳥符文！是什麼東西？歐提斯，想不到如此聰明絕頂的你，還有不了解的地方，看來是我高估你了！」黑精王跺著腳生氣地說。

莫瓦文明滅絕倒數十六小時

小智在地上劃出兩隻小鳥並列站立的符號，意思是要兩人聯手奪取庫卡手上的水晶石。

阿光點頭會意，兩人互使一道眼色，突然一起以驚人的速度飛奔到庫卡身邊，正當要對庫卡下手，歐提斯不愧人稱「黑騎士」，雖然被黑精王控制住身體，身手依然矯健剽悍，後發先至，搶先奪走庫卡手上的水晶石，小智與阿光大驚，轉而聯手圍攻歐提斯。

歐提斯受到兩大高手夾擊，依然從容不迫應付，反將他們引回庫卡身旁，大叫一聲：「庫卡，捉住他們！」

「是的，老大！」

庫卡像隻大猩猩，力大無窮，張手用力環抱，將一不留神的小智與阿光合手緊緊抱住，如巨蟒死纏獵物不放。

歐提斯露出陰險的獰笑，拾起地上石塊，「啪」的一聲響亮，將遠方另一邊霍達姆斯的水晶陣打亂陣腳！

霍達姆斯聞聲大驚失色，以為遭到偷襲，趕緊用身體護住散落的水晶石，眼角餘光卻瞄到歐提斯的腳下，已經完整排好另一個水晶陣，並佈上護衛黑魔法，現在已經隨時可以釋放恐怖無比的黑精王，只要中間凹槽再置入傳說中邪惡至極的黑晶石，那世界末日即將提早到來！

霍達姆斯見事不疑遲，立即隔空施了「電光石火」法術，一道閃電凌空劈下，直直往歐提斯身上招呼過去。

歐提斯淡淡一笑：「乖乖了不得，白精王子也會使用黑魔法，看來精靈王國真正統一了！」

輕身扭腰閃避開來，地上被擊出一個焦黑大洞，立刻揚起大片塵沙，威力十分驚人。

「小智、阿光，趁現在！」

霍達姆斯早預料到打不中歐提斯，卻能為小智與阿光製造脫困機會。

果然他們立刻會意，默契十足地趁庫卡伸手搓揉眼睛時，奮力一掙，脫離庫卡巨掌，正要找歐提斯繼續對決，霍達姆斯已經趕到，將他們一把拉開：「他現在已經不是歐提斯了，交給我吧！」

「嗯，不愧是白精國王子，虎父無犬子，竟然能嗅出我的味道。不過我沒空與你們磨蹭，等解決掉你們，再奪取黑晶石，莫瓦星的過去、現在、未來，都會掌握在我黑精王的手裡，哈！哈！」

莫瓦文明滅絕倒數十四小時

黑精王說完，召喚出黑戒精靈「黑魔獸」，二體合一，變成與昔日白精王相抗衡的一方之霸──「無敵黑精王」！

霍達姆斯也向阿雅借來白戒指，召喚出白戒精靈「基古獸」，二體合一，變成「聖白精王」。只是「無敵黑精王」實力大過從前，與剛剛變成「聖白精王」的霍達姆斯相比，實力天壤之別。

莫瓦文明滅絕倒數十二小時

「我就先陪你玩兩招！」

無敵黑精王使出更毒辣的黑魔法，招招都是致命，還好霍達姆斯早已對昔日的黑魔法瞭若指掌，暫能自保，只是對方威力實在太強，鬥得十分辛苦。

沒多久，霍達姆斯稍一不慎，被無敵黑精王的毒氣彈擊中，陷入暫時昏迷。

小智等人大驚，無敵黑精王一陣獰笑，正要對霍達姆斯下重殺手，阿雅想起之前白精王說過的話，黑精王是以人們心中的欲望為控制手段，而歐提斯外表雖然冷傲，心思卻極單純，於是心生一計。

阿雅顧不得危險，隻身跳到歐提斯面前，小智等人來不及阻止，阿雅張著水汪汪的大眼，深情款款對歐提斯說：「歐提斯，我是阿雅，請你看著我的眼睛，我知道你很喜歡我，其實……『其實我也很喜歡你』！」

阿雅故意將「其實我也很喜歡你」說得好大聲，歐提斯張開的邪惡黑眼，慢慢轉為溫柔清澈，如汨汨山泉，嘴巴卻大叫：「不！歐提斯，只有我才能達成你的心願，別被她騙了！」

「快，趁現在擺好水晶陣，將黑精王重新封入地界。」微醒的霍達姆斯吃力地說話。

小智與阿光望著身體已經受到重傷，意志力卻還堅強無比的霍達姆斯，心中感動萬分，立刻接過水晶石，依照指示擺好水晶陣，制住黑精王，再用白晶石淨化黑精王剛才佈好的水晶陣，二陣合一，威力更強，將黑精王紮紮實實重新封印入幽冥地界。

莫瓦文明滅絕倒數十小時

阿雅趁機扶起霍達姆斯，正想上前再喚醒被控制的歐提斯，霍達姆斯阻止：「黑戒指還在他手上，不可冒然躁進。」

阿雅點點頭，看著受苦的歐提斯，心中難過不已。

「可惡，你們這些渾球，竟敢破壞我的好事。多摩將軍，用你的巨砲，把他們通通轟上西天！」歐提斯下達「通殺令」。

「是的，主人！」

多摩將軍挺起砲管，威風八面，正要發射，阿光大叫：「多摩將軍，你仔細聽清楚，這個人雖然長得像你主人，卻是冒充的，不信改用聲紋辨識系統！」

「聲紋辨識中，很抱歉，你的聲紋不對，命令無效！命令無效！」多摩將軍收回砲管。

「可惡，庫卡，快破壞身邊的水晶陣，快！」黑精王轉向庫卡下命令。

「是的，老大，可是……」庫卡支支吾吾。

「可是什麼？快做！」黑精王急了。

「噢……？」

正當庫卡要動手時，阿雅跳出來阻擋去路：「庫卡，歐提斯已經被黑精王附身，不是你的老大，你要是放黑精王出來，世界就要毀滅了！」阿雅動之以情。

「老大，我雖然愛你一人，但我更愛全莫瓦星人！老大，對不起了！」

庫卡說完，發出一聲猩猩怒吼，飛身躍到歐提斯面前，一把抱住他，大聲哭喊：

「快想辦法救救我老大，求求你們！」

大家被庫卡突來的舉動嚇了一跳！

霍達姆斯見機會來了，立刻以眼神示意阿雅，因為現在只有她能救歐提斯。

阿雅會意，衝到還在庫卡懷裡掙扎的歐提斯面前，吻了他的臉頰，並潮紅著臉說：「其實……其實我早就知道我們已經指腹為婚的事了，但我一直不敢面對，我知道你心裡想什麼，所以我……我答應『嫁給你』！」

「啊！是真的？」

「對，但你必須先把戒指脫下來交給我！」

「好！」「不，歐提斯，不……」

歐提斯順利脫下黑戒指，人卻暈了過去！

阿雅趕緊上前扶起歐提斯，並將好不容易到手的黑戒指交給霍達姆斯，霍達姆斯馬上將黑戒精靈封回戒指內。

「可惡，你們都背叛我，別以為我會善罷干休，我要殺了你們，連莫瓦星一起毀滅掉，看我的厲害！」

黑精王已經捉狂，熊熊憤怒之火衝上雲霄。

莫瓦文明滅絕倒數八小時

幽靈彗星突然旋轉加速，眾人一陣天旋地轉，阿巴尼手心一滑，黑晶石被甩飛出去，化成一顆流星，墜往莫瓦星球。

「好耶，黑精王，因為你的食言，這下子你什麼都沒有了，哈哈！」阿巴尼大笑。

「遭了，黑晶石落向莫瓦星，將吸引幽靈彗星加速撞擊，世界末日提前了！」霍達姆斯驚恐地說。

「怎麼回事，我頭好暈喔！」歐提斯被劇烈的旋轉搖醒。

「快，阿光，把白晶石給我！」霍達姆斯大叫。

阿光將白晶石交給霍達姆斯，霍達姆斯直接將它插入水晶陣中間，劇烈的搖晃立刻緩和，但是幽靈彗星的速度加快了，巨大的莫瓦星就在大家眼前！

「我們快離開這裡，下到莫瓦星地面再想辦法。」小智提醒大家。

「可是沒有白晶石，我們走不了！」阿光急道。

「這個應該可以，大家快走！」

霍達姆斯摘下權杖上的小顆白晶石，放入時光機能源室，一行人匆匆離開紅得發亮的幽靈彗星，回到莫瓦星地面。

莫瓦文明滅絕倒數六小時

回到莫瓦皇宮，地面上百姓一片恐慌。

莫瓦國王詢問詳情，霍達姆斯簡短報告：「我是來自過去時代的精靈國王子霍達姆斯，現在莫瓦星處境危急，請國王陛下即刻下令，全國百姓人人手牽手，心連心，心中默想著愛、仁慈與善良，這樣集合大家的善心、善念，或許可以拯救莫瓦星！」

「好！」

莫瓦國王沒再多問，立刻親自發佈緊急命令，要全國人民，不分彼此，手牽手，心連心，一起渡過難關。

莫瓦文明滅絕倒數四小時

「來，我們坐在一起！」

阿雅大方地左手牽著小智，右手挽著歐提斯，三人並肩坐下。

「梅莉雅公主，我知道當時你是為了救我，才許下承諾，不過即使是謊言，我也很感激你！」歐提斯紅著臉說。

「當然不是謊言囉！」阿雅調皮地回答。

「不過也不算真話，我現在有這麼多關心我的好朋友，實在好幸福，叫我那麼早結婚，我才不要呢！」阿雅笑得好開心、好燦爛。

「那表示我與阿光還有機會！」小智趁機也牽起阿光的手，一副幸福模樣。

「你們都是我的男朋友，不過想娶我，慢慢等吧！」

這時看到阿光也牽著酷比的手坐下，小智搖頭說：「我本來以為情敵只有阿光，現在又多了位歐提斯，看來我將來只好跟酷比結婚了。酷比，你願意嫁給我嗎？」

「乖乖的勒，我已經有女朋友了，才不要咧！」酷比嚇得倒退兩步。

莫瓦文明滅絕倒數三小時

「阿巴尼，我可以邀請你坐這裡嗎？我應該正式向你道歉，我平常只會吩咐你做事，從來沒有真正關心過你，經歷這件事情以後，我好後悔，你會原諒我嗎？」歐提斯霍地站起來，誠懇地對阿巴尼說。

「老大，你千萬別這麼說，是我被欲望沖昏了頭，你平常對我就像親兄弟，我還陷害你，也陷害探險A隊，害他們差點回不了家，我不是人，我對不起你們，求原諒的人應該是我才對！」

阿巴尼雙膝跪了下來，痛哭失聲，歐提斯與小智等人將他扶起，並沒有為難他，因為他們也知道，陰險的阿巴尼只是黑戒指下的祭品罷了。

歐提斯轉頭面向庫卡，庫卡沒等歐提斯開口便說：「老大，你永遠是庫卡心目中的老大！」堂堂壯男，也垂下兩行熱淚。

莫瓦文明滅絕倒數二小時

「看來這場比賽，我們B隊澈底輸了！不過，只要下次還有機會，小智，我一定會盡全力打敗你的！」

「我也是，隨時候教！」

兩人雙手緊握，變成莫逆之交。

莫瓦文明滅絕倒數一小時

從他們緊握的手心當中，竟然升起小片白煙，霍達姆斯看了大叫：「對，大家快看，這就是小白精，只要大家心存善心、善念，就會釋放出更多更多的小白精，莫瓦星球有救了！」

莫瓦文明滅絕倒數三十分鐘

隨著小智與歐提斯手中綻放的小白精，大家手牽手後，發覺一隻隻代表愛、仁慈與善良的小白精，像一隻隻發出白光的螢火蟲，愈積愈多，密密麻麻，一起飛向藍天，滿佈整座星空。

莫瓦文明滅絕倒數十分鐘

大家正看得目瞪口呆之際，眼尖的人突然大喊：「你們看，剛才彗星好像動了一下，真的，沒騙你！」

「哪有，我怎麼什麼都看不到，是不是騙人？」

莫瓦文明滅絕倒數五分鐘

「啊！是真的，我看到了！」

「我也是，我也看到了！」

莫瓦文明滅絕倒數一分鐘

群眾一陣又一陣的驚呼聲，莫瓦廣場上的大笨鐘，倒數計時來到最後幾秒，彗星就在眾人眼前，開始大幅度轉向，輕輕擦過莫瓦星球體，接著加速飛往宇宙深處，澈底離開莫瓦星系。

莫瓦文明滅絕危機「暫時」解除

「可惡，你們別得意的太早，只要人間有貪婪、有嫉妒、有野心，我就會再回來的，咱們走著瞧吧……」

天空突然一閃，黑精王的陰謀連同幽靈彗星，一起消失在美麗而絢爛的夜空下。

一億五千萬年的約定

「謝謝你，霍達姆斯，沒有你，恐怕我們莫瓦星這次劫數難逃！」

「你們用不著跟我道謝，幫助你們，其實也在幫助我自己，何況是你們的勇氣、善念拯救了整個莫瓦星，只要大家都心存正念，即使比黑精王更可怕的敵人，終能戰勝，所以我們要不斷的反省自己，因為全宇宙像黑精王一樣恐怖的敵人太多了，但最可怕的不是他們，而是我們自己的內『心』！」霍達姆斯說了一段發人省思的話。

「我想我也該走了，我必須趕回去向父王覆命，希望你們記得，一億五千萬年前，曾經有位好朋友為你們默默祝福。別了，親愛的朋友們，再見！」

「霍達姆斯，我們也希望你記得，一億五千萬年後，會有一群曾經共患難的好朋友，在默默思念你喔！」小智等人緊緊握住霍達姆斯的雙手，手心的溫度是彼此曾為好朋友的印記。

「不過臨走前，我有一事交代，黑晶石已經掉落到莫瓦星，希望你們暗中將它找出來，並連同這個黑戒指，一起丟入火山口，讓火山的高熱融化一切邪惡！」霍達姆斯提出最後叮嚀。

「別了，朋友們，我要利用精靈的追蹤魔法，溯著原路回家，希望下次你們還能搭上時光機，來到精靈王國找我作客。再見了，朋友們，再見……」

在眾人的不捨與祝福聲裡，霍達姆斯回去自己的祖國「精靈王國」，世界也由於大家的齊心努力，再度享受和平的喜悅果實。

只有黑精王，仍然躲在宇宙的幽暗深處，繼續等待下一個適當的獵物。

少年文學53　PG2257

超時空探險隊

作者／廖文毅
責任編輯／陳慈蓉
圖文排版／林宛榆
封面設計／楊廣榕
出版策劃／秀威少年
製作發行／秀威資訊科技股份有限公司
114 台北市內湖區瑞光路76巷65號1樓
電話：+886-2-2796-3638
傳真：+886-2-2796-1377
服務信箱：service@showwe.com.tw
http://www.showwe.com.tw

郵政劃撥／19563868
戶名：秀威資訊科技股份有限公司
展售門市／國家書店【松江門市】
104 台北市中山區松江路209號1樓
電話：+886-2-2518-0207
傳真：+886-2-2518-0778

網路訂購／秀威網路書店：https://store.showwe.tw
國家網路書店：https://www.govbooks.com.tw
法律顧問／毛國樑　律師

總經銷／聯寶國際文化事業有限公司
221新北市汐止區康寧街169巷27號8樓
電話：+886-2-2695-4083
傳真：+886-2-2695-4087

出版日期／2019年9月　BOD一版　**定價**／230元
ISBN／978-986-5731-99-1

秀威少年
SHOWWE YOUNG

國家圖書館出版品預行編目

超時空探險隊 / 廖文毅著. -- 一版. -- 臺北市 : 秀威少年, 2019.09
面；　公分. -- (少年文學 ; 53)
BOD版
ISBN 978-986-5731-99-1(平裝)

863.59　　108013158

讀者回函卡

感謝您購買本書，為提升服務品質，請填妥以下資料，將讀者回函卡直接寄回或傳真本公司，收到您的寶貴意見後，我們會收藏記錄及檢討，謝謝！如您需要了解本公司最新出版書目、購書優惠或企劃活動，歡迎您上網查詢或下載相關資料：http:// www.showwe.com.tw

您購買的書名：______________________________

出生日期：________年________月________日

學歷：□高中（含）以下　□大專　□研究所（含）以上

職業：□製造業　□金融業　□資訊業　□軍警　□傳播業　□自由業

□服務業　□公務員　□教職　□學生　□家管　□其它_____

購書地點：□網路書店　□實體書店　□書展　□郵購　□贈閱　□其他

您從何得知本書的消息？

□網路書店　□實體書店　□網路搜尋　□電子報　□書訊　□雜誌

□傳播媒體　□親友推薦　□網站推薦　□部落格　□其他__________

您對本書的評價：（請填代號　1.非常滿意　2.滿意　3.尚可　4.再改進）

封面設計____　版面編排____　內容____　文／譯筆____　價格____

讀完書後您覺得：

□很有收穫　□有收穫　□收穫不多　□沒收穫

對我們的建議：______________________________

____

____

____

請貼
郵票

11466
台北市内湖區瑞光路 76 巷 65 號 1 樓
秀威資訊科技股份有限公司 收
BOD 數位出版事業部

（請沿線對折寄回，謝謝！）

姓　名：________________ 年齡：________ 性別：□女　□男

郵遞區號：□□□□□

地　址：____

聯絡電話：(日) ________________ (夜) ________________

E-mail：____